파울 첼란 전집(전5권) 제1권 시집 I

GESAMMELTE WERKE. Volume 1 : Mohn und Gedächtnis, Von Schwelle zu Schwelle, Sprachgitter, Die Niemandsrose von Paul Celan. Herausgegeben von Beda Allemann und Stefan Reichert unter Mitwirkung von Rolf Bücher

이 도서의 국립중앙도서관 출판예정도서목록(CIP)은
서지정보유통지원시스템 홈페이지(http://seoji.nl.go.kr)와
국가자료종합목록 구축시스템(http://kolis-net.nl.go.kr)에서 이용할 수 있습니다.
(CIP제어번호: CIP2020052011)

파울 첼란 전집(전5권) **제1권** —— **시집 I**

양귀비와 기억
문지방에서 문지방으로
언어격자
누구도 아닌 이의 장미

허수경
옮김

문학동네

일러두기

1. 번역 대본으로는 *Paul Celan: Gesammelte Werke in Sieben Bändan, Erster Band*(Paul Celan, Suhrkamp Verlag, 2000)을 사용했다.
2. 차례의 제목, 본문의 볼드체와 고딕체는 원서에 따른 것이다.
3. 주석은 모두 옮긴이주다.

차례

양귀비와 기억 (1952)

유골단지에서 나온 모래

줄기의
밤

문지방에서
문지방으로
(1955)

일곱 송이
장미만큼
늦게

번갈아 끼우는 열쇠로

섬으로

언어격자 (1959)

I

II

누구도 아닌 이의 장미 (1963)

II

III

IV

양귀비와
기억

유골단지에서 나온
모래

사막에서 부르는 노래

화관 하나가 거무스름한 잎으로 엮였다 아크라• 지방에서:

그곳에서 나는 검은 말을 이리저리 몰았고 죽음을 향하여 검을 찔렀다.

또한 나무사발로 아크라 우물의 재를 마셨다

그리고 면갑面甲을 내려쓰고 하늘의 잔해를 향해 돌진했다.

아크라 지방의 천사들은 죽고 주主는 눈이 멀었기에,

그리하여 잠 속에서 나를 돌보는 이는, 아무도 없다 그들은 여기서 영면永眠에 들었다.

달은 만신창이가 되도록 얻어맞았다, 아크라 지방의 작은 꽃:

녹슨 반지를 낀 손들, 가시를 닮은 꽃들은, 그렇게 피어난다.

그리하여 나는 입맞춤을 위해 마지막으로 몸을 굽혀야 하리,

그들이 아크라에서 기도를 할 때……

• 기원전 2세기 초 마케도니아의 반유대주의 지배에 맞서 고대 이스라엘의 마카베오 왕조가 세운 요새. 또는 십자군전쟁 당시 수많은 전투가 벌어진 항구도시 아크코(현재의 아크카)로 볼 수도 있다.

오 밤의 갑옷은 허술해서, 쇠고리 사이로 피가 흘러나오네!

그렇게 나는 그대 미소 짓는 형제, 아크라의 철 케룹•이 되었네.

그렇게 나는 아직도 이름을 부르고 아직도 뺨 위의 화상을 느끼네.

• 초인간적인, 천사와 같은 존재. 성서에 따르면 천국을 지키는 파수꾼 역할을 한다.

밤이면 네 몸은 신神의 신열身熱로 갈빛이다:
내 입은 네 두 뺨 위로 횃불을 흔든다.
그들이 자장가를 불러주지 않은, 요람을 흔들리게 하지 마라.
한 줌의 눈雪, 나는 너에게로 갔다,

그리고 불확실하게도, 시간의 둥긂 안에서
네 눈眼은 얼마나 푸르른지. (예전의 달은 더 둥글었지.)
텅 빈 천막에서 기적奇籍은 흐느끼고,
꿈의 작은 동이는 얼어 있다—무엇을 할까?

기억하라: 거무스름하게 잎사귀 하나 딱총나무에 매달려 있었음을—
한 잔의 피에 대한 그 아름다운 신호.

부질없이 너는 창문에다 심장들을 그린다:

침묵의 공작公爵이

저 아래 성의 안뜰로 군인들을 소집한다.

그는 제 깃발을 나무에 매달아둔다—가을이 오면, 그를 위해 푸르러질, 이파리 하나;

우울의 줄기들을 그는 군대에 나누어주었다 그리고 시간의 꽃들도;

머리칼 속의 새들과 함께 그는 칼들을 가라앉히러 떠난다.

부질없이 너는 창문에다 심장들을 그린다: 군중 속에 한 신神이 있다,

외투로 몸을 감싸고, 언젠가 계단 위에서 너에게 어깨를 기대었지, 밤시간에,

언젠가, 성이 불길에 휩싸였을 때, 네가 사람들처럼 말을 했을 때: 사랑하는 이여……

그는 외투를 알지 못하고 별을 불러내지도 않았고 둥실 떠 있는, 그 이파리를 따라간다.

"오 줄기여", 그는 들었다고 믿는다, "오 시간의 꽃이여".

마리안•

라일락 꽃을 꽂지 않은 너의 머리칼, 거울유리에서 나온 네 표정.

눈眼에서 눈으로 구름이 지나간다, 마치 소돔에서 바벨로 향하듯:

구름은 나뭇잎처럼 탑을 쥐어뜯고 유황덤불 주위로 휘몰아친다.

그러자 번개가 네 입가에서 번쩍여—바이올린의 흔적을 지닌 그 협곡.

눈雪 같은 이齒로 누군가 활을 켠다: 오 더 아름다이 갈대는 울렸다!

사랑하는 이여, 너 또한 갈대고 우리는 모두 비雨다;

너의 몸은 무엇과도 비교할 수 없는 포도주, 그리하여 우리는 열+이 되어서 진탕 마신다;

• 프랑스 혁명정신과 공화정의 가치를 상징하는 가공의 여성상으로, 1789년 대혁명 시기에 회자되기 시작해 이후 프랑스공화국의 상징물로 지정되었다. 들라크루아의 그림 〈민중을 이끄는 자유의 여신〉(1830)에도 등장한다.

너의 심장은 곡식물결 속의 거룻배, 우리는 밤을 향하여 노를 젓는다;

작고 푸른 항아리, 그렇게 너는 가벼이 우리를 뛰어넘었다, 그리고 우리는 잠이 든다……

천막 앞에는 백 명의 무리가 행진을 하지, 그리고 우리는 너를 떠메고 술을 마시며 무덤으로 향한다.

세계의 타일 바닥 위로 꿈들의 단단한 은화銀貨 소리가 울리는 지금.

초

손가락에 털이 수북한 수도승들이 책을 펼쳤다: 9월.

이제 이아손•은 막 싹을 올린 씨앗을 향해 눈雪을 던진다.

손들로 알알이 엮인 목걸이 하나를 숲이 네게 주었다, 그렇게 너는 밧줄 너머로 죽은 듯 걸음을 옮긴다.

암청색 한 점이 너의 머리칼에 내린다, 그리고 나는 사랑에 대해 이야기한다.

조개들에 대해 그리고 가벼운 구름덩이에 대해 나는 이야기한다, 그리고 빗속에서 작은 배 한 척이 싹터오른다.

작은 숫말 한 마리가 책장을 넘기는 손가락들 너머로 뒤쫓는다—

문이 검게 활짝 열린다, 나는 노래한다:

우리는 여기서 어떻게 살았을까?

• 그리스 신화의 인물. 아르고호 원정대를 이끌고 흑해의 콜키스로 향해 잠들지 않는 용이 지키는 황금양털을 가져왔다. 고대의 콜키스는 첼란의 고향과 멀지 않다.

한 움큼의 시간, 그렇게 너는 나에게로 왔다—나는 말했다:
네 머리칼은 갈빛이 아니야.

그렇게 너는 가벼이 머리칼을 고통의 저울에 올린다, 그것이 나보다 더 무거웠기에……

그들은 배를 타고 네게로 와 머리칼을 배에 싣고, 욕망의 시장에 매물로 내어놓는다—

너는 깊은 곳으로부터 나를 향해 미소 짓고, 나는 가벼이 남아 있는 껍질에서 너를 향해 운다.

나는 운다: 네 머리칼은 갈빛이 아니야, 그들은 바다의 물을 내어놓고, 너는 그들에게 곱슬머리다발을 준다……

너는 속삭인다: 그들은 이미 나와 함께 세계를 가득 채우고 있어요, 그리고 나는 당신에게 가슴속의 골짜기길로 머물러요!

너는 말한다: 세월의 이파리를 당신에게 올려두어요—당신이 와서 나에게 입맞출 시간이에요!

세월의 이파리들은 갈빛이네, 네 머리칼은 갈빛이 아니네.

절반의 밤

절반의 밤. 번득이는 눈眼 속 꿈의 단검短劍들에 붙들려 있네.

고통으로 울부짖지 말기를: 수건처럼 구름들은 펄럭이는데.

비단 양탄자 하나, 그렇게 절반의 밤이 우리 사이에 펼쳐져 있네, 어둠에서 어둠으로 춤을 추면서.

그들은 살아 있는 나무로 우리에게 검은 피리들을 깎아주었지, 그리고 이제 춤추는 여자가 오네.

바다의 거품에서 자아낸 손가락을 그녀는 우리 눈에 담그네:

한쪽 눈은 아직도 여기서 울려고 하는가?

둘 다 아니라네. 그리하여 밤은 환희로 소용돌이치고, 불꽃 튀는 북은 우렁차게 울리네.

그녀는 우리를 향해 고리들을 던지고, 우리는 단검으로 그것들을 낚아채네.

그녀는 그렇게 우리를 맺어주는가? 파편처럼 소리가 울리고, 이제 나는 다시 알겠네:

연보랏빛 죽음을

당신은 맞이하지 않았다는 걸.

바다 위에 있는 네 머리칼

네 머리칼 또한 바다 위에 떠 있네 황금빛 노간주나무와 함께.

나무와 함께 너의 머리칼이 하얗게 바랜다면, 나는 너의 머리칼을 돌처럼 푸른빛으로 물들이네:

내가 마지막으로 남쪽을 향해 끌려갔던, 도시의 빛깔……

닻줄로 그들은 나를 묶었고 닻줄마다 돛을 연결했지

그리고 안개 서린 아가리로 내게 침을 뱉으며 노래하기를:

"오 바다를 넘어서 오라!"

나는 그러나 나의 날개를 거룻배처럼 보라색으로 그려낸다

그리하여 미풍은, 바다에서 그들이 잠들기 전, 나에게마저 색색거렸고 후벼대었네.

이제 나는 붉게 물들여야 하리, 너의 곱슬머리를, 하지만 나는 너의 머리칼이 돌처럼 푸른빛인 게 좋다:

오 내가 쓰러져 남쪽을 향해 끌려갔던, 도시의 눈眼이여!

황금빛 노간주나무와 함께 네 머리칼 또한 바다 위에 떠 있네.

사시나무, 네 잎이 하얗게 어둠 속을 응시한다.
내 어머니의 머리칼은 결코 세지 않았는데.

민들레, 그렇게 우크라이나는 초록빛이다.
내 금빛 머리칼 어머니는 집으로 돌아오지 않았는데.

비구름, 그대는 우물가를 장식하는가?
내 고요한 어머니는 모두를 위해 울고 있는데.

둥근 별, 그대는 황금 리본을 짠다.
내 어머니의 심장은 납총탄에 상처를 입었는데.

떡갈나무 문, 누가 돌쩌귀에서 그대를 들어올렸는가?
나의 다정한 어머니는 올 수 없는데.

시네라리아

철새 창槍이여, 벽을 넘어 날아간 건 오래전이라네,
심장 위의 가지는 이미 하얗고 바다는 우리 위에,
깊은 곳의 언덕은 정오의 별들에 둘러싸였다—
죽음 속에서 떠진, 눈眼처럼 독毒이 빠진 초록……

새어나오는 급류를 길어올리기 위해 우리는 두 손을 오므렸네:
점점 어두워져 누구에게도 비수를 건네지 않는 곳들의 물.
너 역시 노래를 불렀지, 그리고 우리는 안개 속에서 격자를 엮었다네:
아마도, 집행자는 아직 오고 있을 것이고 우리의 심장은 다시 뛸 거라서;
아마도, 탑은 아직 우리 위에서 뒤척일 것이고, 교수대는 떠들썩하게 세워질 거라서;
아마도, 수염은 우리를 일그러뜨릴 것이고 그들의 금발은 붉어질 거라서……

심장 위의 가지는 이미 하얗고, 바다는 우리 위에 있다.

고사리의 비밀

칼들의 둥근 지붕 속에서 그늘은 잎푸른 심장을 응시합니다.

번득거리는 건 칼날들: 죽음 속에서 거울 앞을 망설이지 않았던 건 누구입니까?

또한 이곳에서는 살아 있는 우울이 항아리들에 담겨 나올 거예요:

그들이 마시기 전, 우울은 꽃처럼 한껏 어두워집니다, 마치 물이 아닌 듯,

마치, 한층 더 어두운 사랑에 대해, 수용소의 한층 더 검은 잠자리에 대해, 한층 더 무거운 머리칼에 대해 질문을 받은,

이곳의 천 가지 아름다움인 듯……

그러나 이곳에서는 철의 광채가 걱정거리일 뿐입니다,

그리고 무언가 이곳에서 여전히 드높이 번쩍거린다면, 그렇게 칼이 되게 하시기를.

우리는 탁자의 항아리만을 비워요, 거울들이 우리를 환대했기에:

하나가 둘로 쪼개져, 우리가 이파리처럼 푸른 곳에서!

유골단지에서 나온 모래

곰팡이 낀 초록빛은 잊음의 집이다.

나부끼는 문 앞마다 머리 잘린 너의 악사가 새파랗게 질려 있다.

그는 너에게 이끼와 쓰디쓴 치모恥毛로 만든 북을 두들겨준다;

곪은 발가락으로 그는 모래 속에 네 눈썹을 칠한다.

네 눈썹보다 더 길게, 그리고 그는 네 입술의 붉음을 그린다.

너는 여기서 유골단지를 채워 네 심장을 먹인다.

마지막 깃발

물빛 야생짐승 한 마리가 어슴푸레한 표지標識 속에서 쫓기고 있다.

그렇게 너는 가면을 쓰라 그리고 눈썹을 초록빛으로 물들여라.

졸음 겨운 거친 곡식가루가 담긴 사발이 흑단黑檀탁자 위로 건네진다:

봄부터 봄까지 여기에는 포도주 거품이 일고, 그렇게 한 해는 짧아라,

그렇게 이 사수射手들에게 주는 상賞은 불꽃 같아라—이방인의 장미:

미혹게 하는 너의 수염, 그루터기의 헛된 깃발.

떼구름과 개 짖는 소리! 그들은 광기를 고사리들에게 몰고 간다!

어부처럼 그들은 도깨비불과 입김을 향해 그물을 던진다!

그들은 왕관을 밧줄로 감고 춤으로 초대한다!

그리고 뿔피리를 샘에서 씻는다—그렇게 그들은 유혹의 부름을 배운다.

네가 외투로 고른 것은 빈틈없이 촘촘한가, 그리하여 어슴푸레한 빛을 숨겨주는가?

그들은 나뭇등걸 주위로 잠처럼 숨어든다, 마치 꿈을 선사하기라도 할 것처럼.

이끼 낀 광기의 공 같은 심장들을, 그들은 높이 내던진다:

오 물빛 모피여, 탑에 걸린 우리의 깃발이여!

철구두의 **삐걱거림이** 체리나무 속에 있다.
투구에서 여름이 너에게 거품지어 쏟아진다. 거무스름한 뻐꾸기는
다이아몬드 같은 며느리발톱으로 하늘의 문에 그림을 그린다.

맨머리의 기수騎手가 나뭇잎에서 솟아오른다.
방패 속에서 그는 희미하게 너의 웃음을 지니고 있다,
적의 강철 같은 땀수건에 못박힌 채.
꿈꾸는 자들의 정원이 그에게 약속되었으니,
그리하여 그는 창을 겨눈다, 장미가 휘감고 올라간 곳을 향해……

너와 가장 닮은 누군가가 맨발로 대기大氣를 가르고 온다
가냘픈 손에 철구두를 매단 채,
그는 전투와 여름을 놓친다. 체리가 그를 위해 피를 흘리고 있다.

향연

유혹의 높은 들보 속 병들에서 밤을 비워라,

이齒로 일군 문지방, 아침이 오기 전에 파종된 분노:

어쩌면 우리에게서 여전히 이끼가 높이 돋아나리, 그들이 물레방아로부터 여기에 이르기 전에,

그들의 천천히 돌아가는 바퀴인 우리에게서 고요한 곡식을 찾기 위해……

독이 깃든 하늘 아래에서 다른 짚풀들은 황회색빛이 한층 더 짙으리,

꿈은, 우리가 욕망을 위하여 주사위를 던지는 곳, 여기와는 다르게 주조되리,

잊음과 경탄이 어둠 속에서 서로 뒤바뀌는 곳, 여기와는

모든 것이 한 시간 동안만 유효하다가 우리에게 삼켜지듯 조롱을 당하는 곳, 여기와는 다르게

반짝거리는 궤짝 속 창문의 탐욕스러운 물 속으로 내던져진 채—:

그리하여 사람들의 거리에 금이 간다, 구름에게 영광을!

그렇게 외투로 당신들 몸을 감싸고 나와 함께 탁자 위로 올라가자:

아직도 잠들어 있는 것은 서 있는 것과 얼마나 다른가, 잔의 한가운데에서?

천천히 돌아가는 바퀴를 위해서가 아니라면, 우리는 누구를 위하여 아직도 꿈 축배를 드는가?

9월의 어두운 눈

돌두건頭巾 시간. 그리고 대지의 얼굴을 둘러싼 고통의 곱슬머리는
더욱 풍요롭게 샘솟는다,
죄지은 잠언의 입김에 갈변한,
취한 사과를: 아름답게 그리고
그들이 미래의 불쾌한 반조返照 속에서 하는 놀이를,
꺼려하면서.

밤꽃은 두번째로 핀다:
오리온의 임박한 귀환을 향해
궁핍하게 타오르는 희망의 신호: 하늘의
눈먼 친구들의
별처럼 밝은 열정이
그를 위로 부른다.

외로운 눈眼 하나 저를 감추지 않은 채
꿈의 문들 옆에서 다툰다.
매일 일어나는 일이라면,

눈이 알기엔 충분하다:
동쪽 창가에서
가녀린 감각의 방랑자의 모습이 밤이면
그에게 나타난다는 것을.

그 눈의 젖음 속으로 너는 칼을 담근다.

바다에서 나온 돌

우리 세계의 하얀 심장, 폭력 없이 우리는 오늘 시든 옥수숫잎의 시간쯤에서 잃어버렸다:

둥근 뭉치 하나, 그렇게 가볍게 우리 손을 벗어나 굴러간다.

꿈의 모래 무덤가에서 잠의 새로운, 붉은 양털을 잣는 일만이 그렇게 우리에게 남았었다:

심장은 더이상 아니겠지만, 깊은 곳의 돌로 만들어진 머리칼,

조개와 파도에 대한 깊은 생각에 잠긴 그의 이마의 가난한 보석.

어쩌면, 저 도시의 문가 허공에서 밤의 의지가 그 보석을 드높이는 건,

우리가 누워 있는 집 위에서 그 의지의 동녘 눈眼이 그에게 해명하는 것일지도 모를 일,

입가 바다의 흑암과 머리카락에 꽂힌 네덜란드산 튤립들을.

그들은 그에게로 창槍을 앞서서 실어나르고, 그렇게 우리는 꿈을 실어날랐다, 그렇게 우리 세계의 하얀 심장은

우리에게서 굴러가버린다. 그리하여 곱슬곱슬 엮인 직물이

그의 중심에 놓였다: 기이한 털뭉치 하나,

심장의 자리에서 아름답구나.

오 두근거림이여, 그렇게 왔고 그렇게 사라졌다! 끝이 있는 곳에서 베일은 흔들린다.

프랑스에 대한 회상

당신, 나와 함께 떠올리자: 파리의 하늘이여, 커다란 콜키쿰•이여……

우리는 꽃 파는 소녀들에게서 심장을 샀네:

그것들은 파랬고 물속에서 활짝 피었지.

우리 방에는 비가 내리기 시작했어,

그리고 우리 이웃이 도착했지, 므시외 르 송주••, 깡마른 작은 남자.

우리는 카드놀이를 했고, 나는 눈동자를 잃어버렸어;

너는 너의 머리칼을 내게 빌려주었지, 나는 잃어버렸고, 그는 우리를 쳐서 넘어뜨렸네.

그는 문밖으로 걸어나갔고, 비가 그를 따라갔지.

우리는 죽었네 그리고 숨을 쉴 수 있었네.

• 백합과의 여러해살이풀. 가을에 잎이 나오기 전에 꽃이 핀다.

•• '꿈' '공상'을 의미하는 프랑스어를 남자 이름으로 부른 것.

그늘 속 여인의 상송

말없는 그녀가 와서 튤립의 목을 꺾는다면:
누가 이기나?
누가 지나?
누가 창가로 다가가는가?
누가 그녀의 이름을 처음으로 부르는가?

그것은 내 머리칼을 지닌, 누군가.
그는 마치 죽은 자를 손에 지닌 것처럼 그것을 지니네.
그는 마치 내가 사랑했던 그해에 하늘이 내 머리칼을 지녔던 것처럼, 지니네.
그는 허영으로 그렇게 그것을 지니네.

그가 이기네.
그는 지지 않네.
그는 창가로 다가가지 않네.
그는 그녀의 이름을 부르지 않는다네.

그것은 내 두 눈을 지닌, 누군가.

문이 닫힌 이래, 그는 그것을 지니네.

그는 반지처럼그것을 손가락에 끼고 있네.

그는 욕망과 사파이어의 파편인 듯 그것을 지니네:

그는 이미 가을의 내 형제였네;

그는 이미 낮과 밤을 세고 있다네.

그는 이기네.

그는 지지 않네.

그는 창가로 다가가지 않네.

그는 그녀의 이름을 맨 마지막으로 부른다네.

그것은 내가 말했던 것을, 지닌, 누군가.

그는 마치 보따리처럼 그것을 겨드랑이에 끼고 있네.

그는 마치 시계가 가장 나쁜 시간을 지닌 것처럼 그것을 지니네 .

그는 문지방에서 문지방으로 그것을 실어나르네, 그것을 내던져버리지 않네.

그는 이기지 않네.
  그는 지네.
        그는 창가로 다가가네.
그는 그녀의 이름을 맨 처음으로 부른다네.

그는 튤립들에 목이 잘릴 거라네.

밤의 빛줄기

가장 환하게 내 저녁연인들의 머리칼이 탔다:
그녀들에게 나는 가장 가벼운 나무로 만든 관을 보낸다.
관은 마치 로마에서 꾸었던 우리 꿈속의 침대처럼 물결치며 에워싸였다;
관은 나처럼 하얀 가발을 쓰고 쉰 목소리로 말한다:
관은 나처럼 말한다, 내가 심장에게 들어오는 것을 허락해주면.
관은 프랑스어 사랑 노래를 알고 있다, 내가 가을에 불렀던 그 노래를,
여행중이던 내가 황혼의 나라에 머물며 아침을 향하여 편지를 쓸 때 불렀던.

관은 아름다운 거룻배다, 감정의 덤불에 새겨진.
나 또한 피 아래쪽으로 거룻배를 몰고 갔었지, 내가 네 눈眼보다 젊었을 때.
지금 너는 마치 3월의 눈雪 속에 죽은 새처럼 젊다,
이제 관이 네게로 와서 제 프랑스어 노래를 부른다.
그대들은 가볍다: 내 봄이 끝날 때까지 잘 만큼.

나는 더 가벼워졌다:

이방인들 앞에서 노래할 만큼.

너로부터 나에게로의 세월

내가 울면, 네 머리칼이 다시 물결친다. 네 두 눈의 푸른빛과 함께
너는 우리 사랑의 식탁을 차린다: 여름과 가을 사이의 침대를.
우리는 마신다, 내가 아니고, 너도 아니고, 제삼자도 아닌 누군가 빚은 술을:
우리는 빈 것이자 마지막인 것을 홀짝거린다.

우리는 심해의 거울에 우리를 비춰 본다 그리고 서로에게 더 빨리 음식을 건넨다:
밤은 밤이다, 밤은 아침과 함께 시작한다,
밤이 나를 네 곁에 눕힌다.

먼 곳을 위한 찬양

네 두 눈의 샘 속에
이르호수• 어부들의 그물이 산다.
네 두 눈의 샘 속에서
바다는 제 약속을 지킨다.

여기서 나는 던진다,
사람들 사이에 머물렀던, 심장 하나를,
나의 옷가지들과 맹세의 광채를:

검은 것 속에서 더 검게, 나는 더욱 벌거벗었다.
배반을 하고서야 비로소 나는 충실하다.
내가 내가 될 때, 나는 너다.

네 두 눈의 샘 속에서
나는 표류하며 도둑질을 꿈꾼다.

• 오스트리아의 잘츠캄머구트에 있는 호수. 다른 한편으로는 독일어 동사 'irren(방황하다, 헤메다, 나쁜 길로 빠지다)'의 어간과 'See(호수)'를 합쳐서 첼란이 만들어낸 시어일 수도 있다.

그물 하나가 그물 하나를 포획했다:
우리는 포옹한 채 헤어진다.

네 두 눈의 샘 속에서
목매달린 자가 목의 밧줄을 조인다.

온 생애

선잠이 든 태양들은 아침이 오기 한 시간 전의 네 머리칼처럼 푸르다.

게다가 태양들은 새의 무덤 위로 돋은 풀처럼 빨리 자란다.

게다가 우리가 욕망의 배에 승선해 꿈으로 했던 놀이가, 태양들을 유혹한다.

시간의 백악암白堊岩에서 태양들은 비수들과도 마주친다.

깊은 잠이 든 태양들은 더욱 파랗다: 네 곱슬머리가 단 한 번 그랬던 것처럼:

나는 밤바람이 되어 돈으로 살 수 있는 네 누이의 품안에 머문다;

네 머리칼이 우리 위 나무에 걸려 있었지만, 너는 그곳에 없었다.

우리는 세계였다, 그리고 너는 문들 앞의 덤불이었다.

죽음의 태양들은 우리 아이의 머리칼처럼 하얗다:

네가 모래언덕에 천막을 쳤을 때, 아이는 밀물에서 솟아나왔다.

아이는 불빛 꺼진 두 눈으로 행복의 칼을 우리 위로 빼든다.

늦게 그리고 깊게

금언처럼 심술궂게 이 밤은 시작된다.
우리는 침묵의 사과를 먹는다.
우리는 각자의 별들에게나 맡길 일을 한다;
우리는 생각에 잠긴 깃발의 붉음으로 우리 보리수들의 가을 속에 서 있다,
남쪽에서 온 타오르는 손님들로.
우리는 새 예수에게 맹세한다, 먼지를 먼지와 결혼시킬 것을,
새는 방랑하는 신발과,
우리의 심장은 물속 사다리와.
우리는 세계에 모래의 성스러운 서약들을 맹세한다,
우리는 그것을 기꺼이 맹세한다,
우리는 그것을 큰 소리로 맹세한다, 꿈 없는 잠의 지붕들에 대하여
그리고 시간의 흰 머리칼을 흔든다……

그들이 외친다: 너희들 신성을 모독하는구나!

우리는 오래전부터 알고 있다.
우리는 오래전부터 알고 있다, 하지만 무슨 소용인가?
너희는 죽음의 물레방앗간에서 약속의 흰 가루를 빻고 있는데,
그리고 우리의 형제자매들 앞에 그것을 갖다놓았는데—

우리는 시간의 흰 머리칼을 흔든다.

너희는 우리에게 경고한다: 너희들 신성을 모독하는구나!
우리는 잘 알고 있다,
죄가 우리 위에 임하리라는 것을.
온갖 경고하는 징조의 모습으로 죄가 우리 위에 임하리라는 것을,
그렁거리는 바다가 임하리라는 것을,
귀환의 갑옷을 입은 질풍,
깊은 밤의 한낮,
이제까지 한 번도 존재하지 않았던 것이 임하리라는 것을!

한 사람이 무덤에서 나오리라는 것을.

코로나

가을은 내 손에서 잎사귀들을 받아먹는다: 우리는 친구다.

우리는 호두 껍데기를 벗겨 시간을 꺼내 걷는 법을 가르쳐 준다:

시간은 껍데기 속으로 돌아간다.

거울 속에 일요일이 있다,
꿈속에서 잠이 든다,
입은 진실을 말한다.

내 눈은 사랑하는 이의 성기로 내려간다:
우리는 서로 바라본다,
우리는 서로 어두운 것을 말한다,
우리는 양귀비와 기억처럼 서로 사랑한다,
우리는 조개 속의 포도주처럼 잔다,
달의 핏빛 속에 잠긴 바다처럼 잔다.

우리는 한데 얽혀 창문 안에 서 있다, 거리에서 그들이 우리를 바라본다:

알아야 할 시간이다!

돌은 꽃으로 피기로 하고,

마음속 불안이 심장을 두드리는, 시간이다.

시간이 되는, 시간이다.

시간이다.

죽음의
푸가

새벽의 검은 우유 우리는 저녁에 들이켜네
우리는 들이켜네 한낮에도 아침에도 우리는 들이켜네 밤에도
우리는 들이켜고 들이켜네
우리는 공중에 무덤을 파네 그곳은 눕기에 좁지 않아서
한 남자가 그 집안에 사네 그는 뱀들과 노네 그는 쓰네
날이 어두워지면 그는 쓰네 독일을 향하여 너의 금빛 머리칼 마르가레테여
그가 그것을 쓰고 집 앞으로 나서면 별들이 번쩍이고 그는 휘파람으로 자신의 사냥개들을 부르네
그는 휘파람으로 자신의 유대인들을 불러내 땅속에 무덤을 파게 하네
그는 우리에게 명령하네 이제 춤을 위한 음악을 연주하라

새벽의 검은 우유 당신을 우리는 밤에 들이켜네
우리는 들이켜네 당신을 아침에도 한낮에도 우리는 들이켜네 당신을 저녁에도
우리는 들이켜고 들이켜네
한 남자가 그 집안에 사네 그는 뱀들과 노네 그는 쓰네
날이 어두워지면 그는 쓰네 독일을 향하여 너의 금빛 머리칼 마르가레테여
너의 잿빛 머리칼 술라미트여 우리는 공중에 무덤을 파네 그

곳은 눕기에 좁지 않아서

그는 외치네 땅속으로 더 깊이 찔러라 너희는 이쪽에서 너희는 저쪽에서 노래하고 연주하라

그는 허리띠의 쇠붙이를 움켜쥐고 그것을 휘두르네 그의 두 눈은 파랗지

삽을 더 깊이 찔러라 너희는 이쪽에서 너희는 저쪽에서 춤을 위한 음악을 계속 연주하라

새벽의 검은 우유 당신을 우리는 밤에 들이켜네

우리는 들이켜네 당신을 한낮에도 아침에도 우리는 들이켜네 당신을 저녁에도

우리는 들이켜고 들이켜네

한 남자가 그 집안에 사네 너의 금빛 머리칼 마르가레테여

너의 잿빛 머리칼 술라미트여 그는 뱀들과 노네

그는 외치네 더 달콤하게 죽음을 연주하라 죽음은 독일에서 온 거장

그는 외치네 더 어둡게 바이올린을 연주하라 그러면 너희는 연기가 되어 공중으로 올라가리라

그러면 너희는 구름 속에 무덤을 갖게 되리라 그곳은 눕기에 좁지 않아서

새벽의 검은 우유 당신을 우리는 밤에 들이켜네
우리는 당신을 한낮에 들이켜네 죽음은 독일에서 온 거장
우리는 들이켜네 당신을 저녁에도 아침에도 우리는 들이켜
고 들이켜네
죽음은 독일에서 온 거장 그의 눈은 파랗지
납총알로 그는 당신을 관통하네 정확하게 관통하네
한 남자가 그 집안에 사네 너의 금빛 머리칼 마르가레테여
그는 자신의 사냥개를 우리에게로 몰아대지 그는 우리에게
공중의 무덤을 선물하네
그는 뱀들과 노네 꿈을 꾸네 죽음은 독일에서 온 거장

너의 금빛 머리칼 마르가레테여
너의 잿빛 머리칼 술라미트여

역광

여행중에

그것은, 먼지를 너의 시종으로 만드는, 어떤 시간,
파리에 있는 너의 집을 네 손의 희생의 장소로 만드는 시간,
네 검은 눈을 가장 검은 눈으로 만드는 시간.

그것은, 네 심장을 위한 마차 한 대가 멈춰 서는, 어느 농가.
네가 마차를 몰고 간다면 네 머리칼은 흩날리고 싶겠지만—
그것은 금지된 일.
그들은 머문 채 손을 흔든다, 그것을 알지 못한다.

이집트에서

이방 여인의 눈을 향해 말하라: 물이 있으라.

이방 여인의 눈 속에서, 네가 아는 물속의 여인들을 찾아라.

그 여인들에게 소리쳐 물속에서 나오게 하라: 룻! 노에미! 미리암!

이방 여인 곁에 누울 때, 여인들을 치장하라.

이방 여인들의 구름 머리칼로 여인들을 치장하라.

룻과 미리암, 그리고 노에미에게 말하라:

보라, 나는 이방 여인 곁에서 잠을 잔다!

네 곁에 누운 이방 여인을 가장 아름답게 치장하라.

룻을 위한, 미리암과 노에미를 위한 고통으로 그 여인을 치장하라.

그 이방 여인에게 말하라:

보아라, 나는 이 여인들과 잠을 잤노라!

무적霧笛 속으로

숨겨진 거울 속의 입,
교만의 기둥 앞에 꿇은 무릎,
격자막대기를 든 손:

어둠이 그대들에게 이를 때,
내 이름을 불러다오,
나를 내 이름 앞으로 데려가다오.

파란빛에 대하여, 아직 제 눈을 찾고 있는 파란빛을, 나는 첫번째로 마신다.

너의 발자국으로부터 나는 마신다 그리고 나는 본다:

너는 내 손가락을 통과해 굴러가네, 진주알, 그리고 너는 자란다!

너는 자란다, 잊힌 모든 이들처럼.

너는 굴러간다: 우울의 검은 우박알갱이가

수건 속으로 떨어진다, 이별의 손짓의 그 새하얀 빛으로.

누군가는 마치 너와 모든 비둘기처럼 어둠에서 낮과 저녁을 길어올리는 누군가는,

별이 미처 반짝이기도 전에, 내 두 눈에서 별을 쪼아댄다,

풀이 미처 하얗게 세기도 전에, 내 눈썹에서 풀을 잡아뜯는다,

내가 미처 달려들기도 전에, 구름 속에서 문을 쾅 닫는다.

마치 너와 모든 패랭이꽃처럼 동전 격으로 피가 필요하고 포도주 격으로 죽음이 필요한 누군가는,

내 두 손에서 저를 위한 잔을 만들기 위해 유리를 분다,

내가 말하지 않은, 단어로, 붉게 물들여,

먼 눈물의 돌로 조각조각 부순다.

화인 火印

우리는 더이상 자고 있지 않았다, 우울의 시계장치 속에 누워 있었기에

그리고 시곗바늘은 채찍처럼 휘었다,

그리고 시곗바늘은 재빠르게 뒤로 되튀어 피가 맺힐 때까지 시간을 채찍질했다,

그리고 당신은 차오르는 어스름에 대해 말했다,

그리고 당신 말들의 밤에 열두 번 나는 당신이라고 말했다,

그리고 밤이 열렸고 열린 채 머물렀다,

그리고 나는 눈 하나를 밤의 품에 안겨주고 다른 하나는 당신 머리칼 속에 땋아주었다

그리고 그 두 눈 사이에 도화선을 얽히게 했다, 열린 정맥을—

그리고 어린 번개가 헤엄쳐 다가왔다.

누군가 제 심장을 가슴에서 밤에게로 떼어내는 이, 그가 장미를 향해 손을 뻗는다.

그의 것은 장미의 잎사귀와 장미 가시,
장미는 그의 접시에 빛을 놓아두네,
장미는 그의 유리잔들을 입김으로 채워주네,
사랑의 그림자가 그에게 살랑거리네.

누군가 제 심장을 가슴에서 밤에게로 떼어내 높이 내던지는 이:

그는 빗맞히는 법이 없지,
그는 돌을 돌로 쳐서 죽이지,
시계에서 나온 피가 그에게 울리고,
그의 시각들이 손안의 시간을 두들긴다:
그에게는 더 아름다운 공들을 가지고 노는 것이 허락된다
그리고 너에 대해 그리고 나에 대해 말하는 것도.

크리스털

내 입술가에서 당신의 입을 찾지 말라,
문 앞에서 이방인을,
눈 속에서 눈물을 찾지 말라.

일곱 밤이나 더 높게 붉음은 붉음으로 유랑한다,
일곱 심장이나 더 깊게 손은 문을 두드린다,
일곱 송이 장미만큼 더 늦게 샘물은 졸졸 흐른다.

수의壽衣

가벼운 것으로부터 네가 직조해낸 것을,
나는 돌의 명예를 위하여 입는다.
내가 어둠 속에서 비명을
깨운다면, 수의는 비명을 불어 옮기리.

종종, 내가 더듬거릴 수밖에 없다면,
수의는 잊힌 주름들을 내던지리,
그리하여 나이기도 한 그는, 용서하리
나였던, 그를.

하지만 산비탈의 신은
제 가장 둔탁한 북을 울리고,
마치 주름을 짓듯,
어두운 자는 이마를 찌푸리리.

먼바다에서

파리는, 작은 배는, 닻 앞 유리 안에 누워 있다:

그리하여 나는 너와 함께 식사를 한다, 너를 위해 축배를 든다.

나는 그렇게 오래도록 마신다, 내 심장이 네게 어두워질 때까지,

그렇게 오래도록, 파리가 제 눈물에서 헤엄칠 때까지,

그렇게 오래도록, 멀리 떨어진 베일을 향해 항로를 잡을 때까지,

모든 네가 나뭇가지인, 그 세계를 우리에게 감추고 있는 베일,

그 가지에 나는 한 잎으로 매달려 있지, 침묵하면서 흔들리면서.

나는 혼자다, 나는 시네라리아꽃을 꽂는다
농익은 검정으로 가득한 유리잔에. 자매의 입이여,
너는, 창문들 앞에서 계속 삶을 이어가는, 단어 하나를 말한다,
그러자 내가 꿈꾸는 것이, 소리 없이, 나를 감아오른다.

나는 꽃 진 시간의 만개滿開 속에 서 있다
그리고 늦게 오는 새 한 마리를 위해 송진을 아껴둔다:
새는 삶처럼 붉은 깃털 위에 눈송이를 나른다;
작은 얼음알갱이는 부리 속에, 새는 여름을 통과해 온다.

단지들

클라우스 데무스*를 위하여

시간의 기다란 탁자 곁에서
신의 단지들이 취한다.
단지들은 보고 있는 자들의 눈을 다 마셔 비워버린다 그리고 눈먼 자들의 눈까지도,
현존하는 그늘의 심장들을,
저녁의 움푹 팬 뺨을.
그들은 가장 큰 술꾼들이다:
그들은 공허를 충만함처럼 입가로 이끈다
그리하여 나나 당신처럼 넘쳐나지 않는다.

* 첼란의 친구였던 오스트리아의 시인이자 예술사학자.

밤에, 사랑의 저울추가 상존常存과 무無 사이에서
흔들거릴 때,
네 말은 심장의 달들에 부딪힌다
그리고 너의 뇌우 같은 파란
눈이 땅에 하늘을 닿게 한다.

멀리 떨어진, 꿈으로 검게 물든
작은 숲에서 숨을 내쉰 것이 우리에게 불어닥치고,
때늦은 것은 떠돌아다닌다, 미래상만큼이나 원대하게.

지금 가라앉는 것과 떠오른 것은,
마음속 깊이 묻어둔 것에 유효하다:
우리가 주고받던 눈길처럼 눈멀어,
그것은 입가의 시간에 입을 맞춘다.

그렇게 잠들어라, 그러면 내 눈은 열린 채 머무를 테니.
비는 단지를 채우고, 우리는 단지를 비웠다.
밤은 심장이 될 것이다, 심장은 작은 줄기를 싹틔울 테지—
그러나 잘라버리기에는 너무 늦었다, 풀 베는 여인이여.

눈雪처럼 그렇게 하얀, 밤바람, 너의 머리칼!
흰, 나에게 머무르는, 그리고 내가 잃어버린, 흰!
그녀는 시간을 헤아리고 나는 세월을 헤아린다.
우리는 비를 마셨다. 비를 우리는 마셨다.

그러니까 너는 그렇게 되었네
내가 너를 결코 알지 못했던 것처럼:
네 심장은 어느 우물나라의
모든 곳에서 뛴다,

그곳은 어떤 입도 마시지 못하고 어떤
형상도 그늘을 이루지 못하는 곳,
그곳은 물이 헛빛을 향해 샘솟고
물처럼 헛빛이 거품을 내며 흐르는 곳.

너는 모든 우물로 내려가,
모든 헛빛 사이로 부유한다.
너는 놀이를 하나 고안해냈지,
잊히고 싶어하는 그 놀이.

견고한 성

나는 모든 집들의 가장 저녁을 안다: 네
눈보다 훨씬 깊은 눈이 그곳에서 망을 본다.
박공에서 커다란 고통의 깃발이 나부낀다:
너희 초록빛 수건이여—네가 직조한 수건이라는 걸 너는 알지 못한다.
그런데 저렇게 높이 날아가지, 마치 네가 짠 게 아니라는 듯.
네가 이별을 위해 꺼냈던 말이 문 앞에서 너를 환영하고,
여기서 너를 가볍게 스치고 간, 줄기와 심장과 꽃,
이미 그곳에서는 손님이 되어 너를 더이상 스쳐가지 않는다.
그럼에도 너는 그 집 안의 거울 앞으로 걸음을 옮긴다,
그리하여 세 가지가, 꽃이, 심장과 줄기가 너를 바라본다.
그리고 저마다의 더 깊은 눈, 그것이 네 깊은 눈을 마신다.

가장 하얀 **비둘기가** 날아올랐다: 나에게 너를 사랑하는 것이 허락되었다!

고요한 창문 속에서 고요한 문이 흔들린다.

고요한 나무는 고요한 방에 들어섰다.

너는 너무도 가까워서, 마치 여기에 없는 것 같아.

내 손에서 너는 커다란 꽃을 집어든다:

꽃은 희지도, 붉지도, 파랗지도 않다—그럼에도 너는 꽃을 집어든다.

결코 있어본 적이 없는 곳, 그곳에 꽃은 언제나 머물 것이다.

우리는 결코 있었던 적이 없어서, 그렇게 우리는 꽃의 곁에 머문다.

줄기의
밤

잠과 음식

밤의 입김은 네 침대 시트다, 어둠이 네 옆에 눕는다.

어둠은 네 복사뼈와 관자놀이를 어루만진다, 너를 삶과 잠으로 깨운다,

어둠은 말 속에서 너를 찾아낸다, 소망 속에서, 생각 속에서,

어둠은 그것들 저마다와 잠을 잔다, 너를 꾀어낸다.

어둠은 네 속눈썹에서 나온 소금을 빗질해 그것을 네 식탁에 올려둔다,

어둠은 네 시간에게서 모래를 엿듣고 그것을 네 앞에 놓아둔다.

그리고 어둠은 장미였던 것을, 그늘과 물을,

너에게 부어준다.

여행의 동반자

네 어머니의 영혼에 앞서서 떠다닌다.

네 어머니의 영혼을 밤이 돕는다, 암초와 암초 사이는 배를 타고 떠돌도록.

네 어머니의 영혼을 상어가 네 앞으로 몰아댄다.

이 단어는 네 어머니의 미성년이다.

네 어머니의 미성년이 네 잠자리를 나눈다, 돌과 돌마다.

네 어머니의 미성년이 빵 부스러기의 빛 쪽으로 몸을 굽힌다.

눈眼들:

신이 나에게 마시라고 명령을 내렸을 때,
쏟아지는 비에 의해 반짝거리는 것.

눈들:

내가 쐐기풀을 꺾고
잠언들의 그림자를 뿌리째 뽑을 때,
밤이 내 손안으로 헤아려주던 황금.

눈들:

내가 문을 열어젖혔을 때, 내 위에서 희미하게 빛나던 저녁,
그리고 내 관자놀이의 얼음에 의지해 겨울나기를 하는
영원의 작은 마을들을 통과해 폭발하는 저녁.

영원

밤의 나무의 껍질이, 녹으로 태어난 칼이
너에게 속삭인다, 이름들을, 시간을 그리고 그 심장들을.
우리가 그것을 들었을 때, 잠자던 단어 하나,
나뭇잎 아래에서 미끄러져나온다:
가을이 유창하게 말할 것이다,
가을을 주운 손은, 한층 더 유창할 것이다,
잊음의 양귀비처럼 신선하게, 그녀에게 입맞추었던 입.

파도

그대, 시각時刻이여, 모래언덕에서 날개를 달고 있구나.

고운 모래로 이루어진, 시간은, 내 팔에 안겨 노래하네:
나는 그 곁에 누워 있네, 오른편엔 칼을 두고.

그렇게 거품이 일게 하라, 물결이여! 물고기여, 용기 내어 밖으로 나오라!
물이 있는 곳이라면, 우리는 다시 한번 살 수 있네,
다시 한번 죽음과 함께 합창하여 세계를 불러내네,
다시 한번 꼴짜기길에서 외치네: 보라,
우리는 안전하다,
보라, 땅은 우리의 것이었다, 보라,
우리가 어떻게 별의 길을 가로막았는지!

심장과 두뇌로부터
밤의 줄기들이 돋아오른다,
그리고 커다란 낫이 남긴 한마디,
그들을 삶으로 기울게 한다.

그들처럼 말없이
우리는 세계를 향해 나부낀다:
위로받기 위하여 주고받았던
우리의 눈길들은,
조심스럽게 더듬으며 앞으로 나아가,
비밀스럽게 신호하여 우리를 불러들인다.

초점 없이
네 눈은 지금 내 눈 속에서 침묵하고,
이리저리 거닐며
나는 네 심장을 입술 쪽으로 들어올린다,
너는 내 심장을 네 입술 쪽으로 들어올리는가:
우리가 지금 마시는 것이,
시각時刻들의 목마름을 달래준다
지금 우리인 것이,
시간의 시각들을 부어준다.

우리 입에 마실 만한가?
그 말을 하기 위해, 어떤 소리도 어떤 빛도
우리 사이로 미끄러져들어오지 않는다.

오 줄기여, 그대들 줄기여.
그대들 밤의 줄기여.

불안한 심장, 그를 위해 황무지는 도시를 건설한다
촛불과 시간의 한가운데에,
너는 올라간다
포플러와 함께 위로 연못을 향해:
어둠 속, 그곳에서
피리는 제 침묵의 벗을 새기고 있다
그리고 그를 물에게 보여준다.
강변에서는
생각이 가면을 쓴 채 거닌다 그리고 엿듣는다:
아무것도
제 진짜 모습으로 나서지 않기에,
그리고 네 위에서 빛나는, 말,
양치식물 속 딱정벌레를 믿고 있기에.

그녀는 머리칼을 빗는다 죽은 자를 빗듯이:
그녀는 푸른 파편을 셔츠 아래 지니고 있다.

그녀는 파편의 세계를 줄 하나에 꿰어 지니고 있다.
그녀는 그 말들을 알고 있지만, 미소를 지을 뿐이다.

그녀는 자신의 미소를 포두주 잔에 섞는다;
너는 그것을 마셔야 한다, 세계에 존재하기 위해서.

너는, 그녀가 생각에 잠겨 삶으로 기울 때,
파편이 그녀에게 보여주는 그림이다.

너는 말에 눈이 멀었기에
밤으로부터 나무를 밟아 다진다,
제 그늘이 먼저 꽃을 피우던, 나무를:
나무에게로 재의 눈꺼풀이 날아간다, 눈꺼풀 아래는 누이의
눈眼
눈雪은 생각 쪽으로 기울었다—

이제 나뭇잎으로 충분하다,
바람의 입김과 말을 알아맞히기엔,
그리고 별들은, 쌓인 채,
지금 시간의 거울 속에 서 있다.

움푹 꺼진 자리에 발을 디뎌라, 천막을 펼쳐라:
그녀, 누이는 그곳으로 너를 따르고,
죽음은, 눈꺼풀 틈으로 나서며,
환영인사인 듯 그대들에게 빵을 쪼개어주네,
그대들처럼 잔을 원하네.

그리고 그대들은 죽음에게 포도주의 맛을 더해주네.

풍경

그대 높은 포플러들이여—이 땅의 인류여!

그대 행복의 검은 연못들이여—그대는 그들을 죽음을 향해 비추어준다!

나는 너를 보네, 누이여, 이 광채 속에 네가 서 있는 걸.

고요함이여!

고요함이여! 나는 네 심장 속으로 가시가 싹트게 했다,
왜냐하면 장미, 장미가
그늘과 함께 거울 속에 서 있기 때문에, 장미는 피를 흘린다!
장미는 이미 피를 흘리고 있었다, 우리가 네와 아니요를 뒤섞었을 때,
그것을 우리가 홀짝홀짝 마셨을 때,
유리잔 하나가, 탁자에서 튀어올라, 쨍그랑거리는 바람에:
그 소리가 밤의 시작을 알려주었다, 우리보다 더 오래 어두웠던 밤을.

우리는 탐욕스러운 입으로 마셨다:
마치 쓸개 같은 맛이 났다,
그러면서도 포도주처럼 거품이 일었지—
나는 네 두 눈의 광채를 쫓아갔고,
혀는 우리에게 달콤함을 웅얼거렸다……
(그렇게 웅얼거린다, 그렇게 아직도 웅얼거리고 있다.)

고요함이여! 가시는 더 깊숙이 네 심장을 꿰뚫는다:

장미와 하나가 된 채로.

물과 불

자 나는 너를 그리하여 탑으로 던져넣었고 주목朱木에게 한 마디를 건넸다,

그곳에서 불꽃이 튀어올랐다, 너에게 옷을, 신부옷을 지어주었던 불꽃이:

밤은 환하다,
우리에게 심장을 발명해준, 밤은 환하다,
밤은 환하다!

밤은 저멀리 바다 너머를 비춘다,
밤은 해협에서 달들을 깨워내 물보라 이는 탁자 위에 올려둔다,
밤은 내게서 달을 시간으로부터 깨끗하게 씻어준다:
죽은 은빛이여, 살아나라, 조개처럼 사발과 주발이 되어라!

탁자는 시시각각 위아래로 넘실대고,
바람은 잔들을 채운다,
바다는 음식을 밀려오게 한다:

떠돌아다니는 눈을, 뇌우가 치는 귀를,
물고기와 뱀을—

탁자는 밤의 안팎으로 넘실대고,
내 위로는 백성들의 깃발이 밀려오고,
내 곁에서는 사람들이 노를 저으며 관들을 뭍으로 데려가고,
내 아래로는 하늘이고 별이다, 마치 내 고향 요한의 날•처럼!

그리고 나는 저 너머에서 너를 바라본다,
불일광욕을 한 이여:
시간을 생각하라, 밤은 우리와 함께 산을 오르므로,
시간을 생각하라,
내가 무엇이었으며, 무엇인지를 생각하라:
지하감옥과 탑들의 거장,
주목들 속의 입김, 바닷속의 술꾼,
단어 하나, 그것을 향해 네가 아래로 타오르는.

• 성 세례자 요한의 축일인 6월 24일.

헤아려라 편도扁桃를,

헤아려라, 쓰라렸던 것과 너를 깨어 있게 한 것을,

나도 함께 헤아려라:

나는 네 눈을 찾았다, 네가 눈을 떴는데 누구도 너를 보지 않았을 때,

내가 그 비밀스러운 실을 자았다,

네가 생각했던, 이슬은,

그 실을 타고 단지를 향해 흘러내렸다,

누구의 심장에서도 발견되지 않았던 한마디 말을 지키고 있는 단지를 향해.

그곳에서 비로소 너는 온전히 이름으로 들어섰다, 너의 이름 속으로,

확실한 발걸음으로 너는 너에게로 향했다,

종추들이 네 침묵의 종루에서 자유로이 흔들거렸다면,

엿들은 자가 네게 부딪혔을 터,

죽음이 네게로도 팔을 둘렀네,

그리고 그대들은 셋이 되어 저녁을 통과해 갔네.

나를 쓰라리게 하라.

나마저도 편도로 헤아려라.

문지방에서
문지방으로

지젤을 위하여

일곱 송이
장미만큼
늦게

나는 말하는 것을 들었네

나는 들었네, 말하는 것을
물속에는 돌 하나와 동그라미 하나가 있고
물 위에는 말 하나,
동그라미를 돌 둘레에 놓아준 말 하나가 있다고.

나는 내 포플러가 물을 향해 내려가는 걸 보았네,
나는 보았네, 포플러의 팔이 어떻게 깊은 곳으로 뻗어내려가는지,
나는 포플러 뿌리가 하늘을 향해 밤을 간청하는 걸 보았네.

나는 포플러를 급히 뒤따라가지 않았네,
나는 그저 바닥의 저 빵 부스러기를 주워모았네,
네 눈의 형상과 기품을 지닌 부스러기를,
나는 네 목에서 잠언의 목걸이를 벗겨내
탁자 가장자리에 둘렀네, 어느새 부스러기가 놓여 있던 그 탁자에.

그리고 내 포플러를 더이상 보지 않았네.

늦은 노을 속에는

늦은 노을 속에는 이름들이 잠자고 있다:
그 하나를
너의 밤이 깨운다
그리고 데려간다, 하얀 막대기들을 가지고
심장의 남쪽 벽을 따라 더듬으며,
소나무숲 아래로:
사람 키만한 나무 하나가,
도공陶工의 도시로 성큼 넘어간다,
비가 바다시간의
친구로 돌아온 그곳.
푸른빛 속에서
바다시간은 그늘을 약속하는 나무의 말을 한다,
그리고 네 다정한 이름도
그 음절에 덧붙여 헤아린다.

빛남

침묵하는 몸으로
너는 모래 속 내 곁에 눕는다,
별들로 뒤덮인 채.

…………

한줄기 빛이 나에게로
넘어와 부서졌던가?
아니면 누군가 우리 위에서
쪼갠 막대였던가,
저토록 빛나는 저것은?

함께

지금 밤과 시간이,
그렇게 문지방들 위에서,
들어오고 나가는 이의 이름을 부르며,

우리가 했던 것을, 좋다고 했기에,
어느 제삼자도 우리에게 길을 가리켜 보이지 않았기에,

그림자들은 따로따로
오지 않을 것이네, 오늘 알려진 것보다
더 많아야 한다 해도,

날개들은 나에게보다 너에게
더 늦게 바스락거리지 않을 것이네—

오히려 그것은 바다를 넘어 굴러가네
우리 옆에서 부유하는 돌,
그리고 돌이 남기는, 흔적 속에서,
살아 있는 꿈은 산란産卵하네.

도끼와 놀면서

밤의 일곱 시간, 깨어 있음의 일곱 해:
도끼들과 놀면서,
너는 일어선 시체들의 그림자 속에 누워 있다
—오 네가 넘어뜨리지 않은 나무들!—,
침묵의 화려함은 머리들에,
말들의 구걸은 발들에 두며,
너는 누워 도끼들과 논다—
그리하여 마침내 그들처럼 너는 번득인다.

무거움

네가 나에게 던진, 무거움:
내가 중얼거리는 손가락으로
깊은 곳에서부터 빗겨진 그의 머리칼 속을 헤집을 때,
그 무거움이 나로 하여금, 갈라진 돌의 무게를 재지 못하게 하네.

네가 던진 것이
너만을,
내게로 기울게 하네.

납에 대해 이야기하라.
달이 우리를 향해 빛나자마자, 납에 대해 이야기하라.
내 말馬을 빗겨다오.
그 손이 여기서 빵을 쪼개거든, 내 말을 빗겨다오.
그 말을 타고 식탁 옆 이곳으로 물을 마시러 와다오.

모래 한 알

밤이 제 숲을 황폐하게 만들었을 때,
내가 너를 조각했던, 돌:
나는 너를 나무처럼 깎아냈지
그리고 너를 마치 나무껍질 속 같은 내 가장 고요한 말의 갈빛 속에
감싸두었지—

가장 둥근 눈물을 깨고 나온,
새 한 마리,
나뭇잎인 양 네 위로 움직이네:

너는 기다릴 수 있네,
모든 이의 눈 밑에서 모래 한 알이 반짝일 때까지,
내가 너를 찾기 위해 잠겨 내려갔을 때,
꿈꿀 수 있게 나를 도와주었던,
모래 한 알—

너는 모래에게서 뿌리가 나오게 하네,

바닥이 죽음으로 이글거릴 때, 너를 날아갈 수 있게 한 뿌리,

너는 위로 뻗어오르네,

그리고 나는 한 장의 잎사귀가 되어 너를 앞서 떠다니네,

그 잎사귀, 문들이 어디에서 열리는지 알고 있네.

머리다발

내가 땋아주지 않았던, 나부끼게 내버려두었던 머리다발,
오고 가면서 하얗게 센 머리다발,
이마의 세월 속, 내가 미끄러지며 지나온 이마에서
떨어져나온 머리다발—:

이것은 만년설을 위하여
움직이는, 말 하나,
내가 눈眼들로 여름에 둘러싸여
네가 내 위로 팽팽하게 늘여둔, 눈썹을 잊었을 때,
눈雪 쪽으로 눈眼을 돌리던, 말,
내 입술이 언어 앞에서 피를 흘릴 때,
나를 피했던, 말.

이것은 다른 말들 곁에서 따라가던, 말 하나,
침묵의 모습을 닮은 말,
페리윙클과 근심으로 둘러 우거졌던 말.

여기 먼 곳들이 내려가면,

그리하여 그대,

솜털 같은 머리칼의 별이여,

여기 눈雪처럼 내리네

내려서 흙 같은 입을 어루만지네.

바다로부터

우리는 한 가지 일과 조용함을 행했네,
우리는 영원에게 거품을 자아주는 깊은 곳으로,
쏜살같이 내려갔네—
우리가 그 거품을 자아내진 않았네,
우리는 손이 자유롭지 못했다네.

손들은 엉킨 채 그물에 머물렀네—
손들은 위로부터 잡아당겼네……
오 칼처럼 빛나는 눈眼들이여:
우리가 샤텐피쉬•를 잡았다, 보라!

• 대서양과 지중해에 사는 물고기. 독일어 이름을 그대로 옮기면 '그늘 (혹은 그림자) 물고기'다.

두 모습

네 눈을 방안의 촛불이게 하라,
눈길을 심지로,
나를 충분히 눈멀게 하라,
심지에 불을 붙일 수 있을 만큼.

아니다.
다른 것으로 있게 하라.

네 집 앞으로 나서라,
네 얼룩덜룩한 꿈을 마구馬具 삼아,
꿈의 말굽으로 하여금 말하게 하라
네가 내 영혼의 용마루에서
불어 날려보낸 눈雪에 대하여.

먼 곳

눈眼 속의 눈眼, 차가움 속에,
우리도 그러한 것을 시작하자:
함께
베일을 숨쉬게 하자,
우리를 서로에게서 숨겨주었던 그것,
저녁이 거리 재기를 막 시작하려 할 때,
저녁이 받아들이는 저마다의 모습으로부터,
저녁이 우리 둘에게 빌려준
저마다의 모습까지는
아직 얼마나 먼지.

얼음이 있는 곳에

얼음이 있는 곳에, 둘을 위한 차가움이 있다.
둘을 위하여: 그렇게 나는 너를 오게 했다.
마치 불에서 나온 듯한 입김이 너를 둘러싸고—
너는 장미에게서 이르렀다.

나는 물었다: 그곳에서는 사람들이 너를 어떻게 불렀니?
너는 나에게 그것을 말해주었지, 그 이름을:
마치 재에서 나온 듯한 빛이 그 위에 뿌려지고—
장미에게서 너는 이르렀다.

얼음이 있는 곳에, 둘을 위한 차가움이 있다:
나는 너에게 겹이름을 주었다.
너는 그 아래에서 눈을 떴고—
얼음 구멍 위로 광휘가 놓여 있었다.

이제 나는 잠근다, 그렇게 나는 말했다, 나의 것을—:
이 말을 받으렴—나의 눈이 네 눈에게 말한다!
받으렴, 나를 따라 말하렴,

나를 따라 말하렴, 천천히 말하렴,
천천히 말하렴, 주저하렴,
그리하여 네 눈을—그렇게 오래 뜨고 있으렴!

어둠에서 어둠으로

너는 두 눈을 떴다—나는 나의 어둠이 살아 있음을 본다.
나는 그에게 바닥에서 보여준다:
그곳에도 나의 어둠이 있고 살아 있다.

그런 것은 건너갈까? 그러면서 깨어날까?
누구의 빛이 나를 뒤따라와
사공을 찾았는가?

수퇘지의 형상 속으로

수퇘지의 형상 속으로
네 꿈은 저녁 가장자리의 숲을 가르며 발을 구른다.
번쩍거리는 흰빛은
그가 뚫고 나온, 얼음 같은,
그의 엄니들이다.

나무들에게서
제 그늘을 빼앗은 이파리 아래,
수퇘지는 쓰디쓴 호두 열매를 파헤치네,
너 또한 이곳을 밟을 때,
네 발을 때리던, 심장처럼 검은,
호두 열매.

수퇘지는 열매를 꼬챙이에 꿰어
투덜거리는 운명으로 나뭇가지를 가득 채우네,
그러고는 해변까지
그것을 몰고 가네,
그곳으로, 바다가 제 요새에

가장 어두운 것을 내주는 곳,
낭떠러지 위로:

아마도
축제를 벌이는 눈眼을 매혹하는
제 열매와 같은 열매 하나,
그러한 돌들을 위해 울어주었던 눈.

브르타뉴 해변

우리가 보았던 것이, 모여 있다,
너와의 이별과 나와의 이별을 위하여:
우리를 밤에 육지로 던져버린, 바다,
밤들을 우리와 함께 날려 지나가게 한, 모래,
녹슨 빛 붉은 히스 덤불이 그 위에,
그 속에서 세계가 우리에게 발생했다.

좋다

좋다, 내가 네 위로 날아가는 것.

좋다, 하늘이 눈眼에서 나와 네게로 넘쳐흐를 때, 나 역시 울려퍼지는 것.

좋다, 어떤 이의 별이 그 안에서 반짝이는 것을 내가 보던 것—

좋다, 그럼에도 내가 비명을 지르지 않는 것.

사납게 나를 때리던 그 목소리가,
이제 너의 귀에 날카롭게 울리기에.
그리고 나를 후려친 것, 그 비가,
이제 너에게 입을 조각해주었다,
별들이 오그라들면, 말을 하는 그 입을,
하늘의 썰물이 빠지면, 부풀어오르는 그 입을.

둘이서

죽은 이들은 둘이서 헤엄치네,
둘이서, 포도주에 둘러싸여 흘렀네.
그들이 네 위로 쏟아부은, 그 포도주 속에서,
헤엄치네 죽은 이들은 둘이서.

그들은 제 머리칼로 자리를 엮었네,
그들은 나란히 동침한다네.
그대는 그대의 주사위를 한번 더 던지라
그리고 둘의 어느 한 눈眼 속으로 자맥질하라.

손님

저녁이 오기 오래전부터
누군가 네게 들른다, 인사를 어둠과 바꾸면서.
날이 새기 오래전에
그는 깨어난다
그리고, 그는 떠나기 전, 잠을 부추긴다,
발소리가 울려퍼진, 잠을:
너는 그가 먼 곳을 걸어 여행하는 걸 듣고
네 영혼을 그곳으로 던진다.

번갈아
끼우는
열쇠로

프랑수아를 위한 비명碑銘

세계의 두 문이
열린 채 머문다:
두 겹의 밤에
너에 의해 열린 문.
우리는 두 문이 덜컥거리고 덜컥거리는 것을 듣는다
그리고 우리는 막연함을 나르고,
너의 영원 속으로 초록빛을 나른다.

1953년 10월

눈 위로 접목되어

눈眼 위로 접목된 것은
당신에게는 쌀알, 숲들에게 길을 가르쳐주던 쌀알입니다:
눈길들에 친숙하게,
검은, 새순을
싹트게 합니다.

하늘만큼 넓게 이 봄에게 눈꺼풀이 펼쳐졌습니다.
눈꺼풀만큼 넓게 하늘은 팽창합니다,
그 밑으로는, 새순에 덮여,
영원하신 분이 경작합니다,
주여.

보습날을 엿들으라, 엿들으라.
엿들으라: 날은 삐걱거립니다
견고한, 밝은,
아주 오래전의 눈물 위로.

우리에게 시간을 세었던 이

우리에게 시간을 세었던 이,
그는 계속해서 센다.
그가 세고 싶어하는 것은 무얼까, 말해주련?
그는 세고 또 센다.

더 차가워지지 않고,
더 밤으로 기울지 않고,
더 습해지지도 않는다.

다만 우리가 엿듣는 것을 도울 뿐:
그것은 이제 혼자
엿듣는다.

아시시

움브리아의 밤.
은빛 종과 올리브잎이 있는 움브리아의 밤.
네가 지고 오던 돌이 있는 움브리아의 밤.
그 돌이 있는 움브리아의 밤.

묵묵히, 삶 속으로 치솟는 것을, 묵묵히.
항아리들을 옮겨 채워라.

흙으로 빚은 항아리.
가장자리에 도공의 손이 엉겨붙은, 흙으로 빚은 항아리.
그림자의 손이 영원히 닫아버린, 흙으로 빚은 항아리.
그림자의 인장이 찍힌 흙으로 빚은 항아리.

돌이여, 네가 바라보는 곳의, 돌이여.
나귀를 들어오게 하라.

터벅터벅 걷는 짐승.
가장 헐벗은 손이 뿌리던, 눈雪 속을 터벅터벅 걷는 짐승.

자물쇠 속으로 떨어진, 단어 앞에서 터벅터벅 걷는 짐승.
손에서 잠을 받아먹는, 터벅터벅 걷는 짐승.

광채여, 위로받지 않으려는, 광채여.

죽은 이들—그들은 아직도 구걸하고 있나이다, 프란체스코여.

오늘 저녁에도

충만하게,
태양이 헤엄쳐 지나간 이 바다 위로
눈雪 또한 내렸기에,
네가 도시로 가져간 바구니에서,
얼음이 피어난다.

모래여
네가 그것을 위해 간청하는구나,
집에 있는
마지막 장미가
오늘 저녁에도 졸졸 흐르는 시간이
먹여주기를 원했기에.

촛불 앞에서

세공된 금으로, 그렇게
당신이 나에게 당부한 대로, 어머니,
나는 촛대를 만들었습니다, 그것으로부터
그녀가 불쑥 내게 어슴푸레하게
쪼개진 시간의 한가운데로:
당신의
죽은 존재의 따님.

가녀린 몸,
아몬드 같은 눈을 닮은, 좁은 그림자,
잠의 짐승들이 둘러싸고 춤을 추는
입과 성기,
그녀는 갈라진 금에게서 천천히 사라져,
현시現時의 정수리로
올라옵니다.

밤으로 뒤덮인
입술로

나는 축복합니다:

하늘이 감각의 무덤 속으로 가라앉을 때까지
서로 다투는
삼위三位의 이름으로,
심연 속에서 내가 나무들의 머리칼을 풀어줄 때마다
손가락에 낀 그들의 반지가 나를 향해 번쩍거리는
삼위의 이름으로,
더 충만한 밀물이 흐르는 소리가 깊은 곳에 가득하기를—,
그보다 그의 말이 앞서 존재했던, 살 만한 곳이라 여겨진 그곳에서
비명을 질러대던
삼위 가운데 첫번째의 이름으로,
지켜보며 울었던, 두번째의 이름으로,
중심에 흰 돌들을 쌓아두었던
세번째의 이름으로,—
나는 말합니다, 당신은 자유롭습니다

우리의 소리를 묵살하는, 아멘으로,
아멘의 가장자리를 두른 얼음 같은 빛으로,
아멘이 탑처럼 높이 바닷속으로 들어서던, 그곳,
잿빛이, 비둘기가
이름들을 쪼아먹던, 그곳
죽음의 이편과 저편에:
당신은 머물러요, 머물러요, 머물러요
죽은 이의 아이 곁에,
내 동경의 거절에 봉헌되어,
어머니의 말이 나를 그 앞으로 인도했던 시간,
그 시간의 균열과 결혼하여,
단 한 번을 위하여
언제나 나의 심장을 움켜쥐었던
손이여, 떨려주소서!

번갈아 끼우는 열쇠로

번갈아 끼우는 열쇠로
너는 집을 연다, 그 안에는
침묵으로 숨겨진 눈雪이 흩날린다.
눈眼에서 아니면 입에서 아니면 귀에서
네게로 솟아오르는, 피에 따라,
네 열쇠는 바뀐다.

네 열쇠가 바뀌면, 말도 바뀐다,
눈송이들과 함께 흩날리는 것이 허락된 말.
너를 앞으로 밀어내는, 바람에 따라,
말 주위로 눈이 뭉친다.

여기

여기—체리꽃이 저곳보다 더 검기를 원하는 곳을, 여기에서는 뜻한다.

여기—체리꽃이 그럴 수 있도록 도와주는, 이 손을 뜻한다.

여기—내가 승선해 모래폭풍을 오르던 그 배를 뜻한다: 그렇게 붙잡혀 머물면서

네가 뿌려주던 잠 속에 배는 누워 있다.

여기—내가 아는, 한 남자를 뜻한다:
그의 관자놀이는 희다,
그가 꺼버린, 불씨처럼.
그는 내 이마에 자신의 유리잔을 던졌다
그리고 왔다,
한 해가 지난 뒤에,
흉터에 입맞추기 위해.
그는 저주와 축복의 말을 했다
그리고 이후로는 두 번 다시 말하지 않았다.

여기—이 도시를 뜻한다,

너와 구름이 다스리는 도시,

그 저녁들로부터 탄생한 도시를.

정물

촛불 옆에 촛불, 은은한 빛 옆에 은은한 빛, 밝은 빛 옆에 밝은 빛.

그리고 여기 이것, 그 아래에는: 눈眼 하나,
짝을 이루지 않은 채 그리고 감긴 채,
저녁이 되지 못한 채,
찾아든 황혼에게 속눈썹을 달아주면서.

그 앞에 낯선 것, 너는 여기서 그의 손님이다:
빛을 잃은 엉겅퀴,
엉겅퀴와 함께 어둠은 제 것을 곰곰이 생각한다,
멀리서,
잊히지 않고 머물기 위하여.

그리고 귀먹음 속으로 실종된, 이것 역시:
돌이 되어 돌 속에서 앙다물고,
제 얼음을 여러 해 동안 뒹굴리는
바다로부터 불려나온,

입.

그리고 아름다운 것

그리고 아름다운 것, 네가 쥐어뜯었던, 그리고 머리칼,
네가 쥐어뜯는 머리칼:
어떤 빗이
그걸 다시 매끄럽게 빗어줄까, 그 아름다운 머리칼을?
누구의 손에 들린
어떤 빗이?

그리고 돌들, 네가 쌓아올렸던,
네가 쌓아올리는 돌들:
돌들은 어디로 제 그늘을 드리울까,
그리고 얼마나 멀리?

그리고 바람, 그 위를 어루만져주던,
그리고 바람:
바람이 이 그늘을 하나로 모아서
너에게 나누어줄까?

수풀이 우거져

수풀이 우거져, 발정한 사슴들의 울음소리에,
세계는 지금 네 입술 가장자리에 머무는
말을 포위하고,
시한부 여름으로 인해 벌겋게 달구어졌다.

세계는 말을 물러나게 하고 너는 말을 쫓아간다,
말을 쫓다가 발을 헛디딘다—너는 감지한다,
네가 오래도록 믿어왔던 바람이 어떻게
너의 팔을 히스 주위로 구부러지게 하는지를:

잠에서 와
잠으로 돌아간 사람은,
주문呪文을 흔들어도 좋다.

너는 그것을 물을 향해 아래로 흔든다,
물속에 물총새가 비친다,
어디에도 없는 둥지 가까이에서.

너는 숲길을 통과하며 그것을 아래로 흔든다,

깊숙이 나무의 잉걸불 속에서 눈雪을 열망하는 숲길,

너는 그것을 말을 향해 저 너머로 흔든다,

말은 그곳에서 명명한다, 네게 이미 하얀 것은 무엇인지를.

말들의 저녁

말들의 저녁—적막 속의 지팡이 점쟁이여!
한 걸음 그리고 또 한 걸음,
세번째 걸음, 네 그림자의
흔적을 지우지 않는:

시간의 흉터가
열리고
땅을 피로 물들인다—
말의 밤의 맹견들, 그 맹견들이
지금부터 네 속의 중심을
공격한다:
그들은 더 거친 목마름을,
더 거친 배고픔을 찬미한다……

마지막 달이 너를 구하기 위해 달려간다:
기다란 은빛 뼈를
—네가 온 길처럼 헐벗은—
개떼에게 던진다,

하지만 너는 구해지지 않는다:
네가 깨워낸 광채가,
더 가까이 거품을 내며 다가온다,
그리고 위로는 열매 하나가 헤엄친다,
네가 몇해 전 깨물었던 열매 하나가.

언덕

나의 곁에 너는 산다, 나와 마찬가지로:
움푹 가라앉은 밤의 볼 속에 있는
돌 하나로.

오 이 언덕, 사랑하는 이여,
우리가 쉬지 않고 구르는 곳,
우리, 돌들,
실개천에서 실개천으로.
한 번 구를 때마다 더 둥글어지는.
더 닮아가는. 더 낯설어지는.

오 이 취한 눈眼이여,
우리처럼 여기에서 헤매며
그리고 때때로 놀라며
우리를 하나로 바라보는 눈.

나는 안다

그리고 너, 너 역시—:
고치로 변했네.
밤에 흔들린 모든 것처럼.

이 팔랑거림, 파닥거림의 둘레에서:
나는 듣는다—나는 그것을 보지 않는다!

그리고 너,
낮으로부터 해방된 모든 것처럼:
고치로 변했네.

그리고 너를 찾는 눈眼들.
그리고 내 눈도 그들 속에.

눈길 하나:
너를 에워 감는, 실 한 올 더.

이 늦은, 늦은 빛.

나는 안다: 실들이 반짝거리는 것을.

들판들

언제나 그 한 그루, 생각의
가장자리 곁 그 포플러.
언제나 그 손가락, 밭둑 곁에
솟아 있는.

멀리 그보다 훨씬 먼저
밭이랑은 저녁 속에서 망설이네.
그러나 구름:
구름은 흘러간다.

언제나 그 눈.
언제나 그 눈, 그 눈꺼풀
눈꺼풀의 가라앉은 형제가 내뿜는 빛에
너는 눈을 뜬다.
언제나 그 눈.

언제나 그 눈, 그 눈길은
그 한 그루, 포플러를 에워 감싼다.

기념

심장은 무화과를 품으리,
그 속에서 시간은 생각해낸다
죽은 자의 아몬드 같은 눈을.
무화과를 품으리.

거칠게, 바다의 입김 속에서,
좌초한
그 이마,
그 절벽의 자매.

그리하여 여름으로 가는 구름의
양털은
네 흰머리로 늘어나고 있다.

섬으로

밤을 향하여 실룩이는

한나 렌츠와 헤르만 렌츠를 위하여•

밤을 향하여 실룩이는
꽃들의 입술,
얽히고설킨
가문비 가지들,
이끼는 바래고, 돌은 뒤흔들린다,
끝없는 비행을 위해 깨어나는
만년설 너머의 갈까마귀들:

이곳은 우리가 급습하던 이들이
쉬는 곳:

그들은 시간을 명명하지 않을 것이다,
눈송이를 세지 않을 것이다,
방죽가로 물을 쫓아가지 않을 것이다.

• 미술사가 한네 렌츠와 작가 헤르만 렌츠에게 바친 시. '한나'는 첼란이 유대식으로 변형한 것이다.

그들은 따로따로 이 세계에 서 있다,
각자 자신의 밤 곁에,
각자 자신의 죽음 곁에,
퉁명스럽게, 맨머리로, 서리를 맞은 채
가까이에서 그리고 멀리서.

자신들의 근원에 영혼을 불어넣어준, 빚을 갚는다,
그들은 한마디 말로 그것을 갚는다,
여름처럼, 부당하게 지속되는, 한마디 말로.

한마디 말—너는 알고 있지:
시체 한 구라는 걸.

우리 그것을 씻겨주자,
우리 그것을 빗겨주자,
그 눈眼을 하늘에게로
돌리게 하자.

시간의 눈

이것은 시간의 눈:
일곱 빛깔 눈썹 아래로
비스듬히 바라본다.
그의 눈꺼풀은 불에 씻기고,
그의 눈물은 김이다.

눈먼 별이 가까이 날아와
뜨거운 눈썹 곁에서 녹는다:
세상은 따뜻해질 것이고,
죽은 이들은
싹을 틔우고 꽃을 피울 것이다.

날개의 밤

날개의 밤, 멀리서부터 이르러 이제 막
백묵과 석회 위로
영원히 펼쳐진.
자갈돌, 심연을 향해 굴러가는.
눈雪. 그리고 더 많은 흰빛.

갈색• 으로 여겨지는 것은,
눈에 보이지 않는다,
생각을 물들이고 거칠게
말들을 통해 울창해진다.

석회와 백묵.
그리고 자갈.
눈雪. 그리고 더 많은 흰빛.

너, 너마저:

• 나치의 상징색이기도 하다.

이것을 조망하는
낯선 눈眼 속에
잠자리를 폈다.

어느 돌을 네가 들어올려도

어느 돌을 네가 들어올려도—
너는 드러낸다,
돌의 보호가 필요한 이들을:
벌거벗은 채,
그들은 이제 짜임을 새롭게 한다.

어느 나무를 네가 넘어뜨려도—
너는 짓는다, 그 위에서
영혼들이 다시 한번 포개질
잠자리를,
흔들리지 않을 듯한
이 영겁
또한.

어떤 말을 네가 꺼낸다 해도—
너는 감사한다
몰락에게.

폴 엘뤼아르를 추억하며•

죽은 이의 무덤에 그 말들을 놓아라,
살기 위하여, 그가 했던 말들을.
그의 머리를 말들 사이에 눕게 하라
그로 하여금 느끼게 하라
동경의 혀들을,
집게들을.

죽은 이의 눈꺼풀 위에 그 말을 놓아라,
너라고 부르던 사이인,
그이에게 그가 거절했던,
그 말,
너라고 부르던 사이인 그이를,
그의 손처럼 헐벗은, 손 하나가,

• 체코의 시인이자 역사학자인 자비스 칼란드라가 국가를 배신했다는 혐의로 당시 체코의 공산당 정권에 의해 사형선고를 받자 유럽의 지식인을 중심으로 그의 구명을 위한 서명운동이 벌어졌다. 한때 레지스탕스 운동에 가담했던 엘뤼아르는 이 서명운동에 참여하기를 거부했는데, 칼란드라는 국제사회의 여론에도 불구하고 결국 사형당했다. 엘뤼아르의 시를 번역한 적이 있던 첼란은 그의 서명운동 불참에 항의하는 의미로 이 시를 썼다.

미래의 나무들 사이에 묶어주었을 때,
그의 심장에서 피가 솟구쳐 돌게 하던 그 말.

이 말을 그의 눈꺼풀 위에 놓아라:
아마도
두번째, 더 낯선 푸름이,
여전히 푸른 그의 눈眼으로 들어서리라,
그러면 너라고 부르던 사이인, 그이가,
그와 함께 꿈꾸리라: 우리를.

쉬볼렛•

창살 뒤에서,
크게 울었던
나의 돌들과 함께,

그들은 나를 질질 끌고
시장 한복판으로 데려갔다.
거기에 대고, 내가 아무런 맹세도 하지 않았던
깃발이 말려올라가는
그곳으로.

피리들,
밤의 쌍피리들:
생각하라
빈과 마드리드의 어두운

• 구약성서의 사사기에 나오는 히브리어로, 요단강을 건너 도망하려는 에브라임인들을 가려내기 위해 길르앗 병사들이 사용한 비밀암호 같은 말. '쉬' 발음을 못하고 '시볼렛'이라 하는 즉시 에브라임 사람임이 드러나 길르앗 병사들에게 죽임을 당했다.

쌍둥이처럼 닮은 붉음을•.

너의 깃발을 조기로 올려라,
기억을.
조기를 올려라
오늘과 영원을 위하여.

심장:
너를 여기서도 알아보게 하라,
여기, 시장 한복판에서.
외쳐라, 쉬볼렛을, 바깥으로
고향의 낯설음 속으로:
2월. 노 파사란••.

• 1934년 2월 파시즘 정부 시대의 빈에서 일어난 노동자 봉기와 1936년 시작된 마드리드 봉기를 가리킨다. 스페인 내전에서 가장 중요한 사건이었다.

•• 1936년 가을, 프랑코군대로부터 수도 마드리드를 사수하려는 공화당 세력을 후원하던 구호로, 노동운동가이며 혁명가이자 정치인이었던 돌로레스 이바루리가 만들어냈다고 한다. '그들은 지나가지 못할 것이다'를 뜻한다.

일각수•:

너는 돌들을 잘 알고 있다,

너는 물을 잘 알고 있다,

오렴,

내 너를 그리로 인도하리니

에스트레마두라••에 있는

그 목소리들에게로.

• 첼란의 청년 시절 친구인 에리히 아인호른('아인호른'은 독일어로 '일각수'를 뜻한다)으로 읽힐 수도 있으나 1954년 3월 10일, 첼란이 친구인 이삭 치바에게 보낸 편지에는 다음과 같은 구절이 나온다. "나는 정말 알고 싶다, 네가 어떻게 여기는지를. 내가 시 한 편을 '쉬볼렛'이라는 제목으로 쓴 것을, 정말 너는 어떻게 여기는지. 네가 보다시피 그 안에는 빈에서 일어난 노동자 봉기와 혁명적인 마드리드의 기억들이 있지. 정말 이상한 방식으로 일각수는 에스트레마두라의 염소들에게 자신을 데려가게 했다네. 이것은 추억, 여기에서 조금 새롭게 쓰인, 네가 언젠가 들려주었던 플라멩코에 대한 추억이라네."

•• 스페인 서부에서 포르투갈에 인접한 국경지역으로, 1936년 인민전선의 중요한 군사적 거점 중 하나였다.

우리는 너를 본다

우리는 너를 본다, 하늘이여, 우리는 너를 그리워한다.
부스럼에 부스럼을
너는 올라오게 한다,
고름에 고름을.
그렇게 너는 영원을 번식시킨다.

우리는 너를 본다, 땅이여, 우리는 너를 그리워한다.
영혼에 영혼을
너는 내버려둔다,
그늘에 그늘을.
그렇게 시간의 불이 숨을 쉰다.

빈 무덤의 비碑

네 꽃을 뿌려라, 낯선 이여, 꽃들을 서슴없이 뿌려라:
너는 저 아래 깊은 곳으로 꽃들을 건넨다,
정원들에게.

여기에 누워야 할 그는, 아무데도
누워 있지 않다. 그러나 세계가 그의 곁에 누웠다.
가지각색의 만개한 꽃들 앞에서
눈을 뜬 세계가.

하지만 그는 멈추었다, 많은 것들을 목도하기에,
눈먼 자들과 함께:
그는 갔다 그리고 너무 많이 꺾었다:
그는 향기마저 꺾었다—
그리고 그걸 본 사람들은, 그를 용서하지 않았다.

이제 그는 갔다 그리고 기이한 물 한 방울을 마셨다:
바다를.
물고기들은—

물고기들은 그와 합류했을까?

너 또한 말하라

너 또한 말하라,
마지막 사람으로 말하라,
네 선고를 말하라.

말하라—
하지만 아니요와 네 사이를 가르지 말라.
네 선고에 의미도 부여하라:
그것에 그림자를 주어라.
그림자를 충분히 주어라,

너를 둘러싼 한밤과 한낮과 한밤 사이를
네가 구별해서 알 수 있을 만큼,
그렇게 많이 주어라.

둘러보라:
보라, 도처에 얼마나 생기가 도는지—
죽음 곁에서! 생기라니!
그림자를 말하는 자, 진실을 말한다.

이제 그러나 네가 서 있는, 그곳은 수축하고 있다:
지금 어디로, 그림자를 드러낸 자여, 어디로 향하는가?
올라가라. 더듬으며 올라가라.
너는 더욱 희미해지고, 더욱 알아볼 수 없고, 더욱 섬세해진다!
더욱 섬세해진다: 실 한 가닥,
별이 타고 내려오고 싶어하는, 실 한 가닥:
아래에서 헤엄치기 위하여, 아래에서,
스스로 희미하게 빛나는 것을 보는 그곳: 떠도는 말들의
너울 속.

시간에 붉어진 입술로

바닷속에서 그 입은 성숙했다,
그 입의 말들을 저녁이 여기에서 흉내낸다
제 영토들을 눈앞에 두고.
중얼거리며 저녁은 그 말들을 따라 한다,
시간에 붉어진 입술로.

바다에 의해 생겨난, 입,
사람 쪽으로 빛나는
광채 속에서,
다랑어가 헤엄쳤던, 그 바다.

빛을 받은 다랑어의 은빛,
다랑어의 거울은빛:
눈에서 반짝인다
이마들의 두번째의, 유랑하는
영광이.

은빛 그리고 은빛.

깊은 곳의 겹은빛.

거룻배들을 그곳으로 저어가라,
형제여.
네 그물을 그곳으로 던지라,
형제여.

끌어올리라 그물을,
던지라, 우리의 집안으로,
던지라, 우리의 탁자 위로,
던지라, 우리의 접시 위로—

보라, 우리의 입술들이 부풀어오른다,
마치 저녁처럼 입술도 시간에 붉어진다,
마찬가지로 중얼거리면서—
그리고 바다에서 나온 입은
어느새 높이 떠오른다
끝없는 입맞춤에게로.

ARGUMENTUM E SILENTIO•

르네 샤르를 위하여

황금과 잊음 사이
사슬에 묶인 것:
그것은 밤.
황금과 잊음이 밤을 잡아챘다.
그들이 그러도록 밤은 내버려둔다.

놓아라,
낮들 곁에서 어슴푸레 차오르려는 것을
너 역시 이제 그곳에 놓아라:
별 너머로 날아간 말을,
바다에 넘쳐흐르던 말을.

모두에게 그 말을.
폭도들이 그의 등뒤에서 습격할 때,
그에게 울려왔던 그 말을, 모두에게—

• '침묵에서 나온 증거'라는 뜻의 라틴어. 프랑스 시인이자 레지스탕스였던 르네 샤르에게 바친 시. 첼란은 1954년에 샤르와 만났고, 그의 시들을 독일어로 번역하기도 했다.

그에게 울려와 꼼짝 못하게 했던, 그 말을 모두에게.

그대, 밤에게
별 너머로 날아간, 바다에 넘쳐흐르던 그 말을,
그대에게 침묵이었던 그 말,
독이빨이 음절을 짓이겼을 때도
피 흘리지 않았던 그 말을.

그대에게 침묵이었던 말을.

학대하는 이들의 성기에, 쉽사리, 농락당해,
시간과 시간들 역시 간신히 기어오르는,
다른 말들에 맞서서,
그것은 증언한다, 마침내,
마침내, 다만 사슬이 울릴 때,
그것은 증언한다, 황금과 잊음 사이
그곳에 누운 밤에 대하여,
아주 오래전부터 형제자매였던 둘에 대하여—

그도 그럴 것이 어디에서
동이 트겠는가, 말해보라, 그 결이 아니라면,
제 눈물의 유역 속
가라앉는 태양에게 씨앗을 보여주고
또 보여주던 밤의 결이 아니라면?

포도원 주인들

나니 데무스와 클라우스 데무스를 위하여•

그들은 자신들 눈眼의 포도를 수확한다,
그들은 모든 울었던 것으로부터 포도즙을 짜낸다, 이러한 것을 포함하여:
그렇게 밤은 그것을 원한다,
그들이 기대었던 그 밤, 벽,
그렇게 돌이 요구한다,
그 돌 너머로 그들의 지팡이가 말을 건다
대답의 침묵 속으로—
그들의 지팡이는, 언젠가,
한번은 가을에,
그해가 죽음을 향해 부풀어오르면, 포도송이가 되어,
언젠가 한번은 내내 침묵을 통하여 말하는,
허구의 갱도 속으로 내려가리.

그들은 포도를 수확한다, 포도즙을 짜낸다,
자신들의 눈처럼 시간을 눌러 짜낸다,

• 빈 시절부터 알고 지낸 첼란의 친구들.

그들은 스며든 것을 저장한다, 울었던 것을,
밤처럼 강력한 손으로
자신들이 준비해둔, 태양의 묘지 속에:
어느 입이라도 그것을 갈망할 수 있도록, 나중에라도—
그들의 입과 닮은, 어느 뒤늦은 입이라도:
눈먼 것들을 향해 굽이져 옴짝달싹하지 않는—
하늘이 밀랍 같은 바다로 추락하는 사이,
깊은 곳으로부터의 한 모금에 거품이 이는, 어느 입이라도,

드디어 입술이 젖을 때,
멀리서부터 빛 그루터기로 반짝이게 하기 위해.

섬으로

섬으로, 죽은 자들 곁으로,
숲에서 와 결혼한 통나무배에게로,
하늘이 위험하게 노리고 있는 두 팔은,
영혼들을 토성처럼 팔찌로 끼었다:

그렇게 낯선 이들과 자유로운 이들은 노를 젓는다,
그들은 얼음과 돌의 명인:
가라앉는 부표 소리가 사방으로 울리고,
상어처럼 푸른 바다가 사방으로 포효하는 가운데.

그들은 노를 젓는다, 젓는다, 젓는다—:
죽은 자들이여, 헤엄치는 자들이여, 앞으로!
이 또한 어살에 사방을 에워싸이며!
그리고 내일이면 우리의 바다는 증발하리!

언어격자

I

목소리들, 수면의
초록 속에 새겨넣은.
물총새가 자맥질할 때면,
초初가 붕붕거린다:

물가에서마다
너를 도왔던 것,
그것이 다가온다
낫에 베인 채 다른 그림 속으로.

*

쐐기풀 길로부터 오는 목소리들:

물구나무를 서서 우리에게로 오렴.
등불과 함께 홀로 있는 이에게는,
읽어내야 할 손밖에 없다.

*

목소리들, 밤을 뚫고 자라난, 밧줄들,
네가 종을 매단 밧줄들.

휘어라, 세계여:
죽은 이의 조개가 가까이 헤엄쳐오면,
여기에서 종이 울리려 한다.

*

목소리들, 네 심장 앞에서
네 어머니의 심장 속으로 되돌아가는.
가을나목과 봄나목이 나이테를
서로 바꾸고 또 바꾸는,
교수대의 나목으로 부터 나온 목소리들.

*

목소리들, 목구멍을 울리는, 자갈 속에,
그 안에서는 무한 또한 삽질을 한다,
(심장–)
끈적거리는 물줄기를.

아이야, 여기에 배들을 부려놓아라,
내가 사람들을 태웠던 배들을:

선체의 중앙에 돌풍이 오른쪽으로 불어오면,
받침목들이 합해진다.

*

야곱의 목소리:

눈물들.
형제의 눈 속에 고인 눈물.
매달려 있던 한 방울, 자랐다.
우리는 그 속에 산다.
숨 쉬어라,
그 눈물 떨어지도록.

*

방주의 내부에서 들리던 목소리들:

다만
입들만이
건져졌다. 가라앉는

그대들이여, 우리에게도
귀기울여라.

*

목소리
아님—한 줄기
늦은 소음, 시간들에 낯선, 너의
생각에게 선사되어, 여기, 마침내
깨워내 데려온: 한 장의
과실 이파리, 눈眼만큼 커다랗게, 깊이
생채기가 나, 진물이
흐른다, 아물고 싶어하지
않는다.

II

확신

아직 눈 하나 있으리,
낯선 눈 하나, 우리
곁에서: 말없이
돌로 굳은 눈꺼풀 아래에.

오라, 그대들의 갱도를 뚫어라!

속눈썹 하나 있으리,
돌덩이의 안쪽을 향해서,
울지 못한 울음의 강철로 휩싸인 채,
그 물렛가락의 극진한 섬세함이 있으리.

그대들 앞에서 물렛가락이 돈다,
돌이 있기에, 아직 형제들이 존재하는 것처럼.

편지와 시계로

밀랍,
쓰이지 않은 것을 봉인하기 위하여,
네 이름을
짐작했고,
네 이름을
암호로 만들어버린.

이제 네가 오는가, 헤엄치는 빛이여?

손가락, 그들 또한 밀랍이다,
낯선,
고통스러운 반지를 뺀 채로.
손가락 끝도 계속 녹아들었다.

너는 오는가, 헤엄치는 빛이여?

시계의 벌집은 텅 빈 시간,
신부처럼 수천의 벌들은

여행 준비를 마쳤다.

오라, 헤엄치는 빛이여.

그림 아래에서•

까마귀로 뒤덮인 밀의 파랑波浪.

어떤 하늘의 푸름을? 그 하늘 아래의? 위의?

영혼들이 쏘아 날린, 뒤늦은 화살.

더 강력한 웅웅거림. 더 가까운 이글거림. 두 세계.

• 반 고흐의 그림.

귀향

강설降雪, 짙어지고 짙어지네,
비둘기빛으로, 어제처럼,
지금도 여전히 네가 잠들어 있는 듯한, 강설.

멀리까지 쌓인 흰빛.
그 너머까지, 끝없이,
길 잃은 자의 썰매 자국.

그 아래, 감추어지고,
위로 젖혀져,
두 눈을 그토록 시리게 하는 것은,
언덕에서 언덕으로,
보이지 않고.

그 모든 것 위로,
자신의 오늘로 귀향하게 된,
침묵 속으로 미끄러져들어간 나:
나무처럼, 말뚝으로.

그곳: 얼음바람에 실려온,
어떤 느낌,
비둘기빛-, 눈雪빛의-
깃발에 매달린 그 느낌.

아래

집으로 인도되었다, 잊음 속으로
우리 느린 눈眼들의
손님-대화.

집으로 인도되었다, 음절과 음절로,
유희하는 손이 붙잡던,
낮에 눈먼 주사위에게 할당되어, 커다랗게,
깨어남 속에서.

그리고 나의 다변多辯:
네 침묵의 옷을 입고
작은 크리스털과 결합한.

오늘과 내일

그렇게 나는 서 있다, 돌처럼 굳어, 내가
너를 이끌었던, 먼 곳을 향하여:

바람에 날리는 모래에
씻겨나간 이마의 가장자리 아래
두 개의 옴팍 파인 동굴.
간곡히 바라보는
어둠이 그 속에 있다.

과묵하게 흰 망치들로
두들겨진
자리,
날개의 눈眼이 나를 부드럽게 스치던 자리.

그 뒤에,
벽 속에 비워둔
계단,
회상이 쪼그려앉아 있던.

이리로

스며든다, 밤들로부터 선사받은,

목소리 하나,

그 목소리로부터 너는 한 모금 길어올린다.

줄무늬

눈眼 속의 줄무늬:
중도에서 멈춘 눈빛들이
알아차린 잃어버림.
진정으로 자아낸 '결코아님'이,
돌아왔다.

길들, 절반의—그리고 가장 긴 길들.

영혼을 걸어간 실낱들,
유리흔적,
뒤로 굴러간다
그리고 이제
눈眼-너로부터 네 위에
늘 떠 있는 별에게
하얗게 너울을 씌운다.

눈 속의 줄무늬:
어둠을 뚫고 운반된 징표 하나

보호받으리니,

더 낯선 언제나를 위하여 소생해

소리없이 떨리는 자음으로 조율된

어느 낯선 시간의

모래(혹은 얼음?)으로부터.

III

TENEBRAE•

가까이에 우리가 있습니다, 주여,
가깝고도 손에 잡힐 듯.

이미 잡혔습니다, 주여,
서로 뒤섞여 움켜잡으며, 마치
우리들 저마다의 몸이
당신의 몸인 듯, 주여.

기도하소서, 주여
우리에게 기도하소서,
우리가 가까이에 있습니다.

바람에 비틀린 채 우리는 떠나갔습니다,
떠나갔습니다 우리는, 분지와 분화구를 향하여

• '어둠' 혹은 '그늘'을 뜻하는 라틴어. 골고다 언덕에서 십자가에 못박힌 예수의 공포와 고난을 되새기며 부활절 직전 3일에 걸쳐 치르는 의식을 가리킨다. 성전의 불을 모두 끄고 15개의 초만 켜놓고 예배를 시작해 시편 봉독이 끝날 때마다 초를 하나씩 꺼나가는데, 중앙의 초 하나만 남겨둔다.

몸을 굽히기 위해.

물 마실 곳으로 우리는 갔습니다, 주여.

피였습니다, 당신이,
쏟아부은 것은 피였습니다, 주여.

그것이 번쩍거렸습니다.

그것은 우리 눈 속으로 당신의 형상을 던져주었습니다, 주여.
눈과 입은 그렇게 벌어진 채 텅 비어 있습니다, 주여.
우리는 마셨습니다, 주여.
피를, 그리고 피 속에 있었던 형상을, 주여.

기도하소서, 주여
우리가 가까이에 있습니다.

꽃

그 돌.
내가 뒤따라갔던 공기 속의 그 돌.
너의 눈, 마치 그 돌처럼 그렇게 멀어버린.

우리는
손들이었지,
우리는 바닥이 드러날 때까지 어둠을 퍼냈고, 우리는
여름을 돌아서 온, 말을 발견했지:
꽃.

꽃—어느 눈먼 이의 말.
너의 눈과 나의 눈:
그 두 눈이
물을 주었지.

자라남.
가슴벽과 가슴벽마다
이파리들이 더해졌지.

이렇게, 한마디 더, 그리고 종추들이
공기 속에서 흔들거리네.

희게 그리고 가볍게

초승달처럼 얇아서, 헤아려지지 않았다.

바람의 그늘 속, 천 겹으로 있는: 너.
너 그리고 팔,
그 팔로 나는 벗은 채 네게로 자라났다,
잃어버린 것.

빛줄기들. 무리 지어 우리에게로 일렁거리네.
우리는 빛을, 고통을 그리고 이름을 나른다.

흰,
우리를 움직이게 하는 것,
무게 없이,
우리가 교환한 것.
희게 그리고 가볍게:
그것을 방랑하게 하라.

먼 곳, 달에 가까이, 우리처럼. 그들은 건설한다.

그들은 낭떠러지를 건설한다, 방랑하는 것이
부서지는 곳에,
계속해서
그들은 건설한다:
빛거품과 흩뿌려진 파도를 가지고.

방랑하는 것, 낭떠러지 쪽으로 손을 흔들며.
이마들을 이쪽으로
손짓해 불러들인다,
누군가 우리에게 빌려준 그 이마들을
비춰보기 위하여.

이마들.
우리는 그들과 함께 그리로 굴러간다.
이마의 해변.

너는 자는지?

자라.

바다의 풍차는 돌아간다,
얼음처럼 밝게 그리고 아무에게도 들리지 않게,
우리의 눈 속에서.

언어격자

격자 사이 눈眼처럼 둥글.

섬모충 눈꺼풀
위로 노 저어간다,
눈길 하나 풀어준다.

이리스[•], 헤엄치는 여인, 꿈 없이 우울하다:
가슴처럼 회색빛인, 하늘, 가까이 있으리.

비스듬히, 강철 잔의 주둥이 속에서,
연기를 내며 타는 대팻밥.
빛의 감각으로
너는 영혼을 알아본다.

(내가 너 같았다면. 네가 나 같았다면.
우리는 하나의 무역풍 아래

- 눈의 홍채, 또는 그리스신화 속 무지개의 여신.

서 있지 않았던가?
우리는 낯선 사람들.)

석판들. 그 위에,
촘촘히 나란히, 둘의
하늘처럼 회색빛인 물웅덩이:
둘의
입안 가득한 침묵.

눈雪침대

눈眼, 세계에 눈멀어버린, 죽음의 절벽 틈에 있는: 나는 온다,
심장 속의 단단한 몸집.
나는 온다.

달거울 가파른 벽. 아래로 내려가면.
(숨으로 얼룩진 빛. 선을 이룬 피.
구름 덮인 영혼, 다시 한번 형상에 가깝게.
열 손가락의 그림자—서로를 옥죄는데.)

세계에 눈멀어버린 눈眼,
죽음의 틈새에 있는 눈眼,
눈眼 눈眼:

그것은 눈雪침대, 우리 둘 아래 놓인 눈雪침대.
크리스털과 크리스털마다,
시간 깊이 격자를 둘렀다, 우리는 떨어진다,
우리는 떨어진다 그리고 눕는다 그리고 떨어진다.

그리고 떨어진다:

우리는 우리였다. 우리는 우리이다.

우리는 밤과 함께 있는 살이다.

통로들, 통로들 속에.

바람에 맞게

흑판벽, 회색빛, 밤의 프리즈와 함께.
들판들, 바람에 맞게, 마름모 옆에 마름모,
글자는 쓰이지 않았네.
빛쥐며느리가 기어오르며 지나간다.

노래들:
눈眼의 목소리, 합창으로,
마음 상하며 읽힌다.
(존재하지 않았음 그리고 그곳,
무엇보다도 둘 다,
심장을 통과해 간다.)

나중에:
모든 집을 통과한 눈雪덩이, 자유롭게
불빛을 해독한
유일한 영역: 목소리들.

목소리들.

바람에 맞게, 심장에 가깝게,

화장火葬되었네.

밤

자갈과 조약돌. 그리고 파편음 하나, 얇은,
시간이 건네는 위로의 말.

눈眼의 교환, 결국, 좋지 않은 때에:
그림처럼 변치 않는,
나무로 변한
망막—:
영원의 표지.

생각할 수 있는 것:
저 위, 세계를 지탱하는 목책 속,
별과 같은,
두 입의 붉음.

들을 수 있는 것(아침이 오기 전에?): 돌 하나,
다른 돌을 목적지로 가져간 돌 하나.

Matière de Bretagne•

금작화의 빛, 노랗게, 비탈들은
하늘을 향해 곪았다, 가시는
상처에게 구애한다, 그 속에서
종이 울린다, 저녁이다, 무無는
바다들 쪽으로 묵념을 위해 굴러간다,
피의 돛은 너를 향하여 나아간다.

건조하게, 네 뒤에 있는 침대는
뭍이 된다, 갈대로 뒤덮인
그의 시간들, 그 위에,
별 곁에서, 조류潮流가 이루어낸
우윳빛 세곡細谷들은 진탕 속에서 수다를 떤다, 돌대추야자,
아래에, 우거져, 푸름 속으로 갈라진, 관목은
스러짐이란, 아름답구나, 라고,
네 기억에게 인사한다.

• 프랑스어로 '브르타뉴의 마티에르'.

(손들아, 나를
알고 있었니? 나는
갈라진 길을 갔다, 너희가 가리켜 보였던 길, 내 입은
길의 자갈돌을 뱉어냈다, 나는 갔다, 내 시간은,
방랑하는 산등성이에 쌓인 눈雪은, 그들의 그림자를 던진
다—너희는 나를 알고 있었니?)

손들, 가시로-
뒤엉킨 상처, 울린다,
손들, 무無, 그의 바다들,
손들, 금작화의 빛 속에, 그
피의 돛은
너를 향하여 나아간다.

너는
너는 가르친다
너는 네 손들을 가르친다
너는 네 손들을 가르친다 너는 가르친다

너는 네 손들을 가르친다

자는 것을.

토사土砂를 나르는 거룻배

물의 시간, 토사를 나르는 거룻배가
우리를 저녁에게로 싣고 간다, 우리는,
그처럼, 바쁘진 않다, 어느 죽은
'왜'는 선미에 서 있다.

…………

짐은 부려졌다. 폐, 해파리가
종처럼 부풀어오른다, 갈빗인
영혼의 돌기는 밝게 숨쉬는
'아님'에 이르렀다.

IV

쾰른, 암 호프•

마음시간, 꿈꾸는 이들이
자정의 숫자를 위해
서 있다.

몇몇은 고요 속에서 말했고, 몇몇은 침묵했고,
몇몇은 제 길을 갔다.
유배되어 다 잃어버린 이들은
집에 있었다.

그대 대성당들.

그대 대성당들은 보이지 않고,
그대 강물들은 엿듣지 않고,
그대 시계는 우리 안에 깊숙이 있다.

• 1957년 10월 쾰른에서 첼란이 묵은 호텔이 있던 거리 이름. 부퍼탈에서 열린 한 모임에서 연인이자 전후 독일문학계의 중요한 작가였던 오스트리아 출신 잉게보르크 바흐만과 재회한 뒤였다. 대성당과 라인강변 사이에 위치한 이 거리는 중세 때 유대인 거주구역이기도 했다.

멀리

침묵, 새로이, 드넓은, 집 하나—:
오라, 너는 여기 살아야 한다.

시간들, 저주처럼 아름답게 단계지어졌으니: 닿을 수 있는
피난처.

이전보다 더 날카롭게 머무는 공기: 너는 숨쉬라,
숨쉬면서 너로 존재하라.

하루 그리고 또 하루

훈훈한 너, 고요함은
우리보다 앞서 날아갔다, 두번째의,
명백한 생애.

나는 이겼네, 나는 졌네, 우리는 믿었네
음울한 기적을, 재빠르게 하늘가에 새겨둔,
가지 하나, 우리를 실어날랐네, 자랐네
달의 궤도 속으로 이끄는 흰빛을 통과해, 내일은
어제로 뛰어올랐고, 촛대를,
우리는 데려왔지만, 산산히 흩어져버렸네, 나는 추락시켰네
모든 것을 누구도 아닌 이의 손안으로.

입놓이 속

입놓이 속, 느낄 수 있는:
어둠의 식물.

(너는, 빛을, 찾을 필요가 없다, 너는 머문다
눈雪그물, 너는 붙든다
노획물을.

둘 다 유효하다:
만짐과 만지지 않음.
둘 다 사랑에 대한 빛을 안고 말한다,
둘 다 현존하기를 원하고 죽기를 원한다.)

이파리의 흉터들, 봉오리들, 눈썹 같은 것.
주시하면서, 한낮이 낯선 가운데.
껍데기, 진실하고 열려 있는.

입술은 알고 있었네. 입술은 알고 있네.
입술은 그것을 마지막까지 말하지 않네.

손 하나

탁자, 시간의 나무로 만들어진, 쌀로
지어진 요리 그리고 포도주가 놓인.
여기에서
침묵했고, 먹었고, 마셨다.

내가 입맞추었던, 손 하나,
입들을 빛나게 했다.

그러나

(너는
묻는구나 그래, 내가
말해주마:)

빛의 걸음, 언제나, 그
거울들, 밤처럼 드넓게, 마주
서 있다, 나는,
네게로 밀쳐졌네, 이 지나감과
같이하는
의미로.

그러나: 내 심장은
휴식을 통과해 간다, 내 심장은 네게 원한다
그림 같으면서 때맞게,
나를 변형시킬, 눈眼을—:

제네바에 있던,

백조들은, 나는 보지 못했다만, 날아갔다, 그것은,
휙 소리가 나는 순간, 마치 무無에서 나온, 영혼의 목적지로
던져진 나뭇가지였다: 그만큼의
시간을
지금 내게, 눈眼으로서, 준비해달라:
내가
휙 소리를 들었던 것은, 더 가깝게—내 옆은
아니라는, 네가 있을 수 없는 곳도,
아니라는 것.

만령절萬靈節

나는 무엇을
했던가?
밤은 씨앗을 뿌린다, 마치 아직은
다른 것이 있을 수 있다는 듯, 이것보다 더 밤과 같은
무엇이.

새의 날아감, 돌의 날아감, 천 가지
설명된 경로들. 눈길들,
빼앗기고 꺾인. 바다,
시음되고, 다 마셔지고, 꿈꾸어진. 영혼이 어두워지는,
한 시간. 그다음, 가을빛은,
제 길로 온, 눈멀어버린
감각에 바쳐졌다. 다른 것, 많은 것은,
장소 없이 저 스스로 무거워서: 바라보다가 돌아갔다.
버려진 아이들, 별들,
검고 가득하게 언어여: 침묵으로 짓이겨진
맹세를 따라 명명되었도다.

그리고 언젠가(언제? 이것 또한 잊혔다):

맥박이 거꾸로 뛰려는 곳에서,

역逆갈고리를 느꼈네.

풍경 설계도

둥근 무덤들, 아래. 가파른
계단 위 빙 둘러 세월의 보폭
사박자에 맞춰.

용암, 현무암, 세계의 심장이-
이글거리는 돌덩이.
용회암,
우리에게 빛이 자라게 하는 곳, 숨
앞에서.

올리브유의 초록빛, 바다에 흩뿌려진
디딜 수 없는 시각時刻. 중심을
향하여, 회색빛,
돌의 안장, 그 위에,
옴폭 패고 숯처럼 까만,
빛줄기 같은 흰 점이 있는
짐승의 이마.

V

눈 하나, 열려

시간들, 5월의 빛깔로, 서늘하게.
더이상 명명할 수 없는 것, 뜨겁게,
입속에서 들을 수 있다.

누구도 아닌 이의 목소리, 다시.

아파하는 눈동자바닥:
눈꺼풀은
방해하지 않는다, 속눈썹은
들어오는 것을 헤아리지 않는다.

눈물, 절반,
더 날카로운 렌즈는, 생동하며,
너에게로 그림들을 데려온다.

위, 소리도 없이, 달리는
것들: 독수리와 별.

아래, 결국, 우리는,
숫자로 따지면 열, 모래군중. 시간,
아무리 아니라 해도, 시간은
또한 우리를 위해 한 시각時刻을 준다, 여기,
모래도시에서.

(우물의 이야기를 들려다오, 들려다오
우물의 화관에 대하여, 우물의 바퀴에 대하여,
우물의 방에 대하여—들려다오.

헤아리고 들려다오, 시계여,
이 역시, 흘러간다.

물: 이 무슨
단어인가, 우리는 너를 이해한다, 삶이여.)

초대되지 않은, 이방인, 어디로부터 온,
손님인가.
그의 흠뻑 젖은 옷.

그의 흠뻑 젖은 눈.

(우물의 이야기를 우리에게 들려다오, —에 대하여
헤아리고 들려다오.
물: 이 무슨
단어인가.)

그의 옷-그리고-눈, 그는 서 있다,
우리처럼, 가득한 밤에게, 그는 식견을
드러낸다, 그는 지금 헤아린다,
우리처럼, 열까지
그리고 더이상은 아니었다.

위, 달리는
것들은
들리지 않게
머문다.

세계는, 우리를 향해
텅 빈 시간 속으로 들어선다:

두 개의
나무손잡이, 검고,
가지를 내지 않고, 마디도
없네.
가장자리가 날카로운, 방수관의 흔적에
자유롭게-
서 있는 우듬지의 잎들.

우리도 여기에, 텅 빈 곳에,
깃발들 옆에 서 있다.

나무별, 파란,
작은 마름모꼴로부터 지어진. 오늘, 우리
손들 중 가장 어린 것들에 의해.

그 말, 네가
밤으로부터 나온 소금을 떨어뜨리는 사이, 눈길이
다시금 폭풍우구름을 찾는 사이:

—별 하나, 그렇게 하라,
밤 속으로 별을 들어가게 하라.

(—내 안으로, 내
안으로.)

여름소식

더이상 밟지 않았던,
휘돌아가는 백리향 융단.
빈 행 하나, 가로질러
히스 덤불을 지나 누웠다.
폭풍에 넘어간 나무들 쪽으로는 아무것도 실려오지 않았다.

흩어진 말들과의
재회 가령:
부서진 돌, 뻣뻣한 풀들, 시간.

낮은 물. 우리는 보았다
따개비를, 보았다
삿갓조개를, 보았다
우리 손에 박힌 못들을.
누구도 우리의 마음벽에서 말을 잘라내지 않는다.

(바닷게의 발자국, 내일,
기어감의 고랑, 주거통로, 회색
진창 속에 바람이-
그린 그림. 고운 모래,
거친 모래, 벽들로부터
놓여난 것들, 다른
단단한 부위들 곁에, 가시고기
속에.)

눈眼 하나, 오늘,
두번째 눈이 있었다, 둘은,
감겼다, 조류를 따라서 제
그림자들에게로, 그들은
짐을 부려놓았다(누구도
우리에게서— —에 대한 말을 자르지 않는다), 그들은
바깥쪽으로 갈고리를 지었다—작고도 오고갈 수 없는

침묵 앞에 놓인,

사주沙洲.

철둑들, 길가들, 지루한 자리들, 토사土砂

빛을 얻은, 측량할 수 있는,
엉겅퀴를 닮은 것으로부터 나온:
약간의
붉음, 대화중의
약간의 노랑과 함께.
너의 절망하는 눈 앞에 놓인
공기의 베일.
말을 타고 달려가는
마지막 모래알.

(그
아우가르텐•, 그때,
마르흐펠트••로부터, 그곳
초원의 풀로부터
미소 지었던 말.

• 빈의 레오폴트슈타트 지구에 조성된 바로크식 공공정원.
•• 빈의 남동쪽, 체코 모라비아강 유역에 연접한 평원. 13세기의 '마르흐펠트 전투'로 알려졌으며, '모라비아평원'이라고도 부른다.

죽은 회전목마여, 딸랑거려라.
우리는
돌고 돌았지.)

모래알의 기마騎馬, 그
눈眼, 그에게로 향했네.
시간의 문 그리고
그 문소리.

스트렛토•

• '좁은' '꽉 쥔' '긴박한' 등을 뜻하는 이탈리아어. 주로 푸가 등의 끝부분에서 하나의 주제가 끝나기 전에 다른 성부를 겹쳐 긴장을 고조시키는 기법.

*

호송되었다, 그
땅으로
확고한 흔적과 함께:

풀, 제각각 기록된. 돌들은, 하얗게,
풀줄기의 그늘과 함께:
더이상 읽지 마라—보라!
더이상 보지 마라—가라!

가라, 너의 시간들에게는
자매가 없다, 너는—
너는 집에 있다. 바퀴 하나, 천천히,
저 혼자 굴러간다, 바퀴살은
기어간다,
거무스름한 들판 위로 기어간다, 밤에겐
별들이 필요 없다, 어느 곳에서도
너에 대해 묻지 않는다.

*

어느 곳에서도
너에 대해 묻지 않는다—

그들이 누웠던 곳, 그곳엔
이름이 있지—그곳엔
이름이 없지. 그들은 거기 누워 있지 않았다. 무언가가
그들 사이에 누워 있었다. 그들은
알아차리지 못했다

보지 못했다, 아니,
그들은 말에 대해
이야기를 나누었다. 아무것도
깨어나지 않았다, 그
잠이
그들 위로 왔다.

*

왔다, 왔다, 어느 곳에서도
그것을 묻지 않았다—

저예요, 저라고요,

저는 당신들 사이에 누워 있었어요, 저는
열려 있었고, 저는
들을 수 있었어요, 저는 당신들을 향해 째깍거렸어요, 당신들의
숨결을 따라, 제가
아직 그곳에 있어요, 당신들은
이제 잠들었네요.

*

여전히 저는 그래요—

세월.
세월, 세월, 손가락 하나가
아래로 위로 더듬는다, 더듬는다,
사방으로:
꿰맨 자리들, 느낄 수 있는, 여기서
제각각 벌어져 있다, 여기서
다시 아물었다—누가
그것을 덮어주었는가?

*

그것을 덮어주었는가
—누가?

왔다, 왔다,
말 하나가 왔다, 왔다,
밤을 통과해 왔다,
비추고 싶어하며, 비추고 싶어하며.

재.
재, 재.
밤.
밤-그리고-밤. —눈眼에게
가라, 젖은 눈에게로.

*

눈眼
에게 가라,
젖은 눈에게로—

허리케인,

허리케인, 오래전부터,
입자의 흩날림, 다른 것,
너
너는 물론 알고 있지, 우리가
책에서 읽은 그것,
의견이었던 것을.

있었어, 의견이
있었어. 어떻게
우리는 우리를
만졌을까—이
두
손으로?

적혀 있기도 했지, 이렇게.
어디에? 우리는
그것에 대해 침묵을 지켰어,
독을 달래며, 커다랗게,
하나의
초록빛
침묵, 한 장의 꽃받침 이파리, 식물적인 것에 대한
생각 하나가 거기에 매달려 있었지—

초록빛, 그래,
매달려 있었지, 그래,
음흉한 하늘
아래에.

그래,
식물적인 것에 대해.

그래.
허리케인, 입-
자의 흩날림, 시간은
남아 있었네, 남아 있었어,
돌로 시도해볼 시간이—돌은
호의적이었지, 돌은
말 속으로 떨어지지 않았지. 우리는
얼마나 좋은 상황이었던가:

낟알처럼,
낟알처럼 그리고 섬유질로. 줄기로,
촘촘하게;
포도송이처럼 그리고 빛줄기처럼; 콩팥 모양으로,
판판하게 그리고

덩어리로; 느슨하게, 가지를-
치며—: 그는, 그것은
말 속으로 떨어지지 않았다, 그것은
말했다,
마른 눈에게 즐겨 말했다, 눈을 감기 전에.

말했네, 말했네.
있었네, 있었네.

우리는
느슨하게 두지 않았다, 한가운데에
서 있었다, 일종의
땀구멍 만들기, 그리고
그것이 왔다.

우리에게로 다가왔다, 왔다
가로질러, 기웠다
보이지 않게, 기웠다
마지막 얇은 막을,
그리고
세계는, 천 개의 크리스털로,
이어졌다, 이어졌다.

*

이어졌다, 이어졌다.

그런 다음—

밤들, 분해된. 원들,

초록빛이거나 푸른, 붉은

사각형들: 이

세계는 자신의 가장 속깊은 곳에서

새로운 시간들과 놀이를

한다. —원들,

붉거나 검거나, 밝은

사각형들, 날아가는

그림자도 없이,

측량탁자도

없이, 환각의

영혼도 없이 솟아오른다 그리고 함께 논다.

*

솟아오른다 그리고

함께 논다—

땅거미 질 무렵, 돌처럼
굳어진 나병 곁에,
곁에
우리의 도망가는 손 곁에, 가장
최근의 배척 속에,
파묻혀버린 벽의
총알받이
너머로:

보인다, 새
로이, 그
도랑들이, 그

합창들이, 그때, 그
찬미가, 호, 호-
산나.

그리하여
사원은 아직 서 있다. 별
하나는

여전히 빛난다.
아무것도,
아무것도 잃어버리지 않았다.

호-
산나.

땅거미 질 무렵, 여기,
지하수 흔적들의, 날 어두운,
대화들.

*

(— —지하수 흔적들,
의
날 어두운—)

호송되었다
그 땅으로
확고한
흔적과
함께:

풀.

풀,

제각각 기록된.)

누구도 아닌 이의
장미

오시프 만델슈탐•을 추모하며

• 유대계 러시아 시인(1891~1938). 스탈린 시대에 숙청되어 비극적으로 생을 마감했다. 만델슈탐에게 헌정한 이 시집에서 첼란은 그를 유대인의 영혼을 상징하는 시인으로 삼았다.

I

그들 속에 있는 흙이었다, 그리고
그들은 팠다.

그들은 파고 또 팠다, 그렇게
그들의 낮은 흘러갔다, 밤도 그렇게. 그리고 그들은 신을 찬미하지 않았다,
그들이 듣기로, 이 모든 것을 원했다던 신,
그들이 듣기로, 이 모든 것을 알았다던 신.

그들은 팠고 더이상 아무것도 듣지 않았다;
그들은 현명해지지 않았고, 아무런 노래도 만들어내지 않았고,
아무런 언어도 생각해내지 않았다.
그들은 팠다.

고요함이 왔다, 폭풍도 왔다,
바다들이 모두 왔다.
나는 판다, 너는 판다, 그리고 벌레마저도 판다,
그리고 노래하는 이는 그곳에서 말한다: 그들이 판다고.

오 어떤 이, 오 어떤 이도 아닌 이, 오 누구도 아닌 이, 오 그대:

어디로도 가지 않았다면, 그것은 어디로 갔나?
오 너는 파고 나도 파네, 그리고 나는 파서 너에게로 향하네,
그리고 손가락에 낀 반지가 우리를 깨우네.

깊이-로-들어감에 관한 말,

우리가 읽었던 그 말.

그 세월, 그때부터 지금까지의 말들.

우리는 여전히 그러하다.

그대는 아는가, 공간은 끝이 없음을,

그대는 아는가, 그대는 날아갈 필요가 없음을,

그대는 아는가, 그대 눈眼 속에 적힌 것이,

우리의 깊이를 깊게 한다는 것을.

포도주와 쓸쓸함으로, 둘 다
기울어졌을 때:

나는 눈雪을 뚫고 말을 달렸네, 듣는가 그대,
나는 신을 타고 멀리 달렸네—가까이 달렸네, 그는 노래했지,
그것은
인간-무리들 너머로 달린
우리의 마지막 기마였다.

우리가 위로 지나가는 소리를 그들이 들었을 때,
그들은 몸을 숙였다, 그들은
기록했다, 그들은
우리의 말 울음소리를
그림으로 채워진 그들의 언어로
왜곡했다.

취리히, 춤 슈토르헨•

넬리 작스••를 위하여

너무 많다는 것이 주제였다, 너무
적다는 것도. 당신과
다시-당신, 밝음을
뚫고 들어온 흐림, 유대적인
것이 주제였다, 당신의
신이 주제였다.

그것-
이 주제였다.
어느 승천일에,
대성당은 저 너머에 서 있었다, 그것은
금빛을 살짝 띠고 물을 건너왔다.

당신의 신이 주제였다, 나는

• 취리히에 있는 호텔.

•• 유대계 독일 시인(1891~1970)으로 나치의 박해를 피해 스웨덴으로 이주했고, 1966년 노벨문학상을 받았다. 첼란과는 1960년 5월 26일 취리히의 춤 슈토르헨 호텔에서 처음 만나 이후 각별한 친분을 유지했다.

그에 반反하여 말했다, 나는
내가 가졌던, 심장이,
희망을 품게 두었다:
그의 가장 높고, 가장 호흡이 거친, 그의
불화하는 말을
바라며—

당신의 눈은 나를 바라보았고, 그 너머를 보았고,
당신의 입이
눈에게 위로를 건네는 것을, 나는 들었네:

우리는
그래 알지 못하지, 당신도 알잖아,
우리는
그래 알지 못하지,
무엇이
유효한지.

셋이서, 넷이서

곱슬거리는 박하, 박하, 곱슬거리는•,
그 집 앞 여기에, 그 집 앞에.

이런 시간, 너의 시간,
내 입과 함께 하는 그들의 대화.

입과 함께, 그의 침묵과 함께,
거부하는, 말들과 함께.

너름과 함께, 좁음과 함께,
가까운 침몰들과 함께.

나와 함께 하나, 우리와 함께 셋,
반은 묶인 채, 반은 자유로운 채.

• 독일어 원문은 "Krauseminze, Minze, krause." '스피어민트'를 일컫는 단어 'Krauseminze'의 형태소 'krausen(곱슬곱슬하게 하다)'과 'Minze(박하)'를 번갈아 배치한 말놀이.

곱슬거리는 박하, 박하, 곱슬거리는,

그 집 앞 여기에, 그 집 앞에.

우리에게 바쳐진,
그만큼의 별자리들. 나는 있었네,
내가 너를 바라보았을 때—언제였던가?—,
바깥
또다른 세계들 곁에.

오 이 길들, 은하계여라,
오 이 시간들, 우리
이름들의 짐 속으로
밤들을 흔들어 보내주었지. 그것은,
나는 안다네, 사실이 아니라네,
우리가 살았었다는 것을, 다만
숨 하나가 눈멀어 지나갔네
저기와 거기-없음과 때때로 사이에서,
혜성처럼 눈眼 하나가
꺼진 것 위를 휘익 날아갔네, 골짜기 속으로,
그곳, 불타버린 곳,
유두처럼 화사하게 시간은 멈추어 있었다,
이미 위로- 아래로-
그리고 그 너머로 자라났다,
있는 것 혹은 있었던 것 혹은 있게 될 것이—,

나는 아네,
나는 알고 너도 아네, 우리는 알았다네,
우리는 알지 못했다네, 우리는
정녕 거기 있었고 저기에는 있지 않았다네,
그리고 때때로, 오직
무無가 우리 사이에 있었을 때만, 우리는
온전히 가까워졌다네.

너의

저 너머 있음 오늘밤.

말言들로 나는 너를 다시 데리고 왔다, 거기 네가 있다,

모든 것은 진실하고 진실한 것에 대한

기다림도 진실하다.

우리의 창문 앞으로

콩넝쿨이 기어오른다: 생각하라

누가 우리 곁에서 자라고

넝쿨을 바라보는지를.

신은, 우리는 그렇게 읽었다,

하나의 부분이고 또하나의, 흩뿌려진 부분이라고:

모든 낫으로 베어진 이들의

죽음 속에서

그는 점차 제 몸을 불린다.

그곳으로

시선이 우리를 이끈다,

이러한

반쪽과

우리는 교제한다.

양손에, 그곳은
별들이 내게로 자랐던 곳, 멀리
모든 하늘에, 가까이
모든 하늘에:
어떻게
그곳에서 깨어나는지! 어떻게
세계는 우리의 한가운데를 관통해
우리에게 열리는지!

네 눈眼이 있는 곳에,
네가 있다, 너는
위에 있다, 너는
아래에 있다, 나는
찾아낸다.

오 이 방랑하는 텅 빈
환대하는 중심이여. 이별하면서,
나는 네 것이 되고, 너는
내 것이 된다, 서로의
몫이 되어, 우리는
서로를 통해 본다:

그와

같은 것이

우리를

잃어버렸다, 그와

같은 것이

우리를

잊어버렸다, 그와

같은 것이

우리를— —

열두 해

진정으로-
남아 있는, 진정으로-
이루어진 행들: …… 네
파리의 집—네
두 손의 제물을 바치는 곳.

세 번 깊이 숨을 쉬었다,
세 번 속깊이 비추었다.

…………

말문이 막힐 것이다, 귀가 멀 것이다
눈眼들 뒤에서.
나는 독이 피어오르는 것을 본다.
온갖 말과 형상 속에서.

가라. 오라.
사랑이 제 이름을 지운다: 사랑이

너에게 저를 바친다.

모든 생각과 함께 나는
세상의 바깥으로 나갔다: 그곳에 네가 있었다,
너 나의 조용한 이여, 너 나의 열린 이여, 그리고—
너는 우리를 맞이했다.

누가
말하나, 눈眼이 꺼졌으니,
우리의 모든 것이 죽었다고?
모든 것이 깨어났다, 모든 것이 일어났다.

태양 하나가 커다랗게 헤엄쳐 왔다, 환하게
태양의 영혼과 영혼이 마주섰다, 분명하게,
명령조로 침묵하며 그들은 태양에게
궤도를 보여주었다.

가벼이
네 품은 열리고, 고요히
입김 하나 에테르 속에서 올라왔다,
그리고 구름처럼 흐려진 것은, 혹시 아니었을까,
우리에게서 떠나간 모습이 아니었을까,
거의 이름 같은 것은
아니었을까?

수문

너의 이 모든 애도
너머에는: 두번째
하늘이 없다.

…………

입가에서,
언젠가 천 마디 말이 머물던 입가에서,
잃어버렸다—
잃어버렸다 나는 말 하나를,
나에게 남겨진 말 하나를:
누이여.

다신多神
신앙에서
나는 잃어버렸다, 나를 찾던 말을:
카디시*

~~수문을~~

통해 나는,

그 말을 소금홍수 속으로 되-

돌려서 바깥으로- 그리고 저 너머로 구해내야 했다:

이스코르••

• 유대교 예배에서의 송영, 또는 근친의 장례식에서 드리는 기도문.

•• 부모를 여읜 이들을 위한 유대교의 기도문.

말없는 가을냄새. 이
별 모양 꽃, 꺾이지 않은 채, 갔다
고향과 심연 사이에서 너의
기억을 통과하여.

낯선 고독이
형태를 갖추고 현존했다, 너는
하마터면
살았을지도.

얼음, 에덴

그것은 잃어버린 땅,
갈대숲에서 달이 하나 자라고,
땅은 우리와 함께 얼어붙었네,
땅은 정처 없이 타오르며 본다네.

땅은 보네, 땅에겐 눈眼이 있으니,
밝은 흙으로 된 두 눈이.
밤, 밤, 잿물.
땅은 보네, 눈眼의 아이.

땅은 보네, 보네, 우리는 보네,
나는 너를 보네, 너도 보네.
얼음은 부활할 것이네,
시간이 스스로를 잠그기 전에.

시편

아무도 우리를 다시는 흙과 점토로 빚지 않으리,
아무도 우리의 먼지에 대해 말하지 않으리.
아무도.

찬양받으오 그대, 아무도 아닌 이여.
그대를 위해 우리는
피어나려 하오.
그대를
향하여.

우리는
아무것도 아니었고, 아무것도 아니며, 아무것도 아닌 것으로
남으려 하네, 활짝 피어나면서:
아무 것도 아닌 것으로-, 그
누구도 아닌 이의 장미로.

그
암술대로 영혼처럼 환하게,

그 꽃실로 하늘처럼 거칠게,

우리가 노래했던, 진보랏빛 말의

그 꽃부리로 붉게

너머, 오 가시

너머.

튀빙겐, 1월

눈이 머는 쪽으로 설-
득당한 눈들.
그 눈들의 — "하나의
수수께끼는 순수하게
솟아난 것"• —, 그들의
물위에 어른거리는 횔덜린탑••에 대한
회상, 갈매기들-
주위를 맴돈다.

물에 잠긴
이러한 말들 곁에는
익사한 목수의 방문객들:

온다면,
한 사람이 온다면,

• 횔덜린의 송가 「라인강」의 한 구절.
•• 정신착란 증세가 악화된 말년의 횔덜린을 삼십 년 넘게 돌보았던 튀빙겐의 목수 에른스트 치머의 집을 가리킨다.

한 사람이 이 세계로 온다면, 오늘, 족장의
빛수염을
달고: 그가 만일,
이 시대 대해 말을
해도 좋다면, 그는
그저
웅얼거리고 웅얼거리리라,
언제나- 언제나-
언제까지나.

("팔락쉬. 팔락쉬"•)

• 횔덜린이 정신착란 와중에 때로는 긍정의 대답으로, 때로는 부정의 대답으로 사용했던 말.

CHYMISCH•

침묵, 황금처럼 끓여진, 숯
이 된
두 손에서.

모든 것을 잃어버린 이에 가까운
커다란, 회색빛,
누이의 형상:

모든 이름, 함께-
불타버린
모든 이름. 그만큼
축복받아야 할 재. 가벼운,
그토록 가벼운
영혼의-
고리
너머에서 그만큼

• '화학적인'을 의미하는 독일어 'chemisch'의 옛 표기.

언어진 땅.

커다란. 회색빛. 부스러기-
없음.

그대, 그때.
깨물어 쪼개진,
납빛 꽃봉오리와 함께인 그대.
포도주 격류 속의 그대.

(그렇지 않니, 이 시계가
우리도 자유롭게 해주었지?
좋다,
좋다, 그대의 말이 어떻게 이곳을 스쳐지나며 죽었던지.)

침묵, 황금처럼 끓여진, 숯
이 된, 숯이 된
두 손에서.

손가락, 연기처럼 가느다란. 왕관처럼, 공기왕관처럼
빙 둘러— —

커다란. 회색빛. 발자국-
없음.
왕-
같은.

사다고라 근교 체르노비츠 출신
파울 첼란이
퐁투아즈 근교 파리에서 부른
악당이자 건달의 노래•

때때로 다만, 어두운 시대에,

하인리히 하이네, 「에돔에게」

그때, 아직 교수대가 있었을 때,
그때는, 그렇지 않았나, 있었다네
위上라는 것이.

내 수염은 어디 머물고 있나, 바람이여, 내
유대인얼룩, 네가
쥐어뜯는, 내 수염은 어디 있나?

내가 갔던 길은, 굽어 있었네,
굽은 길이었네, 그래,
왜냐하면, 그래,
길은 곧았으니까.

• 프랑스 시인 프랑수아 비용의 사행시에서 인용한 제목.

잘 자라.

구부러질 것이네, 그렇게 내 코는.

코.

그리하여 우리는 프리아울•로 행진했네

그곳에서 우리가 가졌더라면, 가졌더라면••

왜냐하면 만델바움•••이 꽃을 피웠으니까.

만델바움, 반델바움.

만델트라움, 트란델마움.

그리고 마한델바움까지.

샨델바움.

• 이탈리아 동북부에 있는 프리울리베네치아줄리아주.

•• 16세기 독일 용병이 부르던 노래에서 인용.

••• 이하 '샨델바움'까지, '아몬드(편도)나무'를 일컫는 '만델바움'을 이용한 말놀이. '만델트라움'에서 '트라움'은 '꿈'을 뜻하고, '마한델바움'은 그림형제 동화에 등장하는 노간주나무를 가리킨다. '샨델바움'에서 '샨델'은 '빛' 혹은 '초'를 뜻하므로 '샨델바움'은 '빛나무'로 읽을 수도 있다.

잘 자라.

아움.

Envoi[•]

그런데,

그런데 나무가 일어서네, 나무가. 나무는,

그 역시

페스트에

• '~에게 부치다'라는 의미로, 중세 프랑스 발라드의 마지막 행에 주로 쓰였다. 프랑수아 비용의 시에 등장한다.

저항하네.

II

섬모나무

말 하나,
그로 인해 내가 너를 기꺼이 잃었던:
그 말
'결코아님'.

그것은,
그러니까 때때로 너 역시 알았겠지,
그것은
자유였다.
우리는 헤엄쳤네.

너 아직 알고 있니, 내가 노래했다는 걸?
섬모나무와 함께 나는 노래했네, 키를 잡고.
우리는 헤엄쳤네.

너 아직 알고 있니, 네가 헤엄쳤다는 걸?
너는 내 앞에 펼쳐져 있었네,
너는 누워 있었네, 내 앞에

있었네
내 튀어-
나가는 영혼 앞에.
나는 우리 둘 모두를 위해 헤엄쳤네. 나는 헤엄치지 않았네.
섬모나무가 헤엄쳤네.

나무가 헤엄쳤니? 그래
물웅덩이 하나 빙 둘러 있었어. 그것은 끝없는 연못이었어.
검고도 끝없이, 그렇게 매달려 있었네,
그렇게 그는 세계의 아래쪽으로 매달려 있었네.

너 아직 알고 있니, 내가 노래했다는 걸?

이-
오 이 물살.

'결코아님'. 세계의 아래쪽으로. 나는 노래하지 않았지. 펼쳐
져

있었네 너는

내 달려나가는 영혼 앞에.

부정시不定時의

저녁들이 파고 들어간다 너의
눈 아래로. 입술로 주워-
모은 음절들은—아름다운,
소리 없는 둥긂—
기어가는 별을 도와
저녁들의 중심으로 들어오게 한다. 언젠가
관자놀이 부근에 있었던, 돌이, 여기에서 열린다:

모든
산산이 흩어진
태양들 곁에서, 영혼 곁에서,
네가 있었다, 에테르 속에.

몇몇 손과–
닮은 것이, 어스름하게,
풀들과 함께 왔다.

재빨리— 절망이여, 그대
도공들이여!—, 재빨리
시간은 점토를 내주었고, 재빨리
눈물을 얻었다—

다시 한번, 푸르른 꽃차례로
우리 주위에 둘러섰다, 이
오늘이.

……샘은 속삭인다

그대들 기도하는-, 그대들 모독하는-, 그대들
기도처럼 날카로운
내 침묵의
칼.

내 그대들, 나와 함께 불구가-
되는 말들, 그대들
내 곧은 말들.

그리고 당신:
당신, 당신, 당신
내 매일매일 진정- 그리고 더욱 진정-
착취당하는 장미들의
더 늦음-:

얼마나 많은, 오 얼마나 많은
세계인가. 얼마나 많은
길들인가.

목발 당신, 날개. 우리— —

우리는 동요를 부를 것이다, 그 노래를,
당신은 듣고 있는가, 그 노래를
사와 함께, 람과 함께, 사람들과 함께•, 그래
덤불과 함께 그리고
한 쌍의 눈眼과 함께, 그곳에 이미 준비되어 있던
눈물로-그리고-
눈물로.

• 독일 동요의 한 구절을 변형한 것이다.

그것은 더이상

때때로 너와 함께

시간 속으로 잠겼던

이

중력이 아니다. 그것은

어떤 다른 것이다.

그것은 무게다, 그 무게가 공허를 만류한다,

공허는 함께-

갔다 너와 함께.

그것은, 너처럼, 이름이 없다. 아마도

너희 둘은 같을 것. 아마도

너 또한 나를 언젠가 그렇게

부를 수도.

뿌리, 모체

어떻게 돌에게 말을 거는지, 그대
처럼,
심연으로부터, 어느
고향으로부터 내 형제자매-
가 된, 던-
져진, 그대,
그대 일찍이,
어느 밤의 무無 속에서 그대,
다시-밤 속에서 나와 마주-
쳤던, 그대
다시-당신—:

그때, 내가 거기 없었을 때,
그때, 그대
혼자서, 밭을 지나가버렸을 때:

누구,
누구였나, 저

혈족, 저 살해당한 이, 저
하늘에 검게 서 있던 이는:
마법의 지팡이와 고환인가—?

(뿌리.
아브라함의 뿌리. 이새의 뿌리, 누구도 아닌 이의
뿌리—오
우리의 뿌리.)

그래,
어떻게 돌에게 말을 거는지, 어떻게
그대는
내 두 손으로 그곳을 향해
그리하여 무無를 움켜쥐는지, 그러
하다, 여기에 있는 무언가는:

또한 이러한
곡물창고가 열려서,

이러한

내려감은

야생으로 피어-

나는 왕관 중 하나가 된다.

검은 흙, 검은
흙이여 너, 시간들의-
어머니
절망:

손으로부터 그리고 그
상처로부터 네게 태어-
난 것이
네 성배를 덮는다.

어느 저녁, 문 앞에 서 있던, 어떤

이에게:

그에게

나는 내 말을 열었다—: 악마의 아기•에게로

터벅터벅 걸어가는 그를 나는 보았다, 값

어치-

없는, 졸병의

진흙투성이 장화 속에서

태어난 형제에게로, 피

묻은

신의-

피조물, 재재거리는

작은 인간에게로.

랍비여, 나는 이를 갈았네, 랍비

뢰브••여:

그에게

• 갓 태어난 아기를 악마가 데려가며 대신 가져다두었다는 기형아.

•• 16세기 프라하에 살던 랍비. 진흙으로 인간의 형상을 만들어 히브리어로 '진실'을 뜻하는 '에메트'를 이마에 써붙여두었으며, 안식일이 되면 첫 글자를 지우고 '죽음'을 의미하는 '메트'만 남겨두었다.

말을 할례해주오,
그에게
살아 있는 무無를
마음속으로 써다오,
그에게
흠 있는 두 손가락을
구원을-
가져다주는 말을 향해 펼치게 해다오.
그에게.

…………

또한 저녁의 문을 닫아주오, 랍비여.

…………

아침의 문을 열어젖혀주오, 라— —

MANDORLA•

만델 속에—무엇이 만델 속에 서 있나?
무無.
만델 속에 무가 서 있다.
그곳에 무가 서 있고 또 서 있다.

무 속에—누가 서 있나? 그 왕.
그곳에 그 왕, 왕이 서 있다.
그곳에 왕이 서 있고 또 서 있다.

　　　　유대인의 곱슬머리여, 하얗게 바래지 않을 것이다.

그리고 네 눈眼—어디를 향해 네 눈은 서 있나?
네 눈은 만델을 향하여 서 있다.
　　　　네 눈을 향하여는 무無가 서 있다.
눈은 왕을 향하여 서 있다.

• '아몬드(편도)'를 뜻하는 이탈리아어. 미술 용어로는 '대후광, 대윤광'을 가리킨다. 독일어로는 '만델'.

그렇게 서 있고 서 있다.

인간의 곱슬머리여, 잿빛으로 바래지 않을 것이다.
텅 빈 만델, 왕의 푸른빛.

누구에게도 빰을 **기대지 않았네—**

너에게 기댔네, 삶이여.

손등걸로 찾아낸

너에게.

너희 손가락들.

멀리, 여행중에,

교차로에서, 때때로,

풀려난 팔다리로

쉬면서,

언젠가의 먼지방석

위에서.

나무로 변한 심장의 저장물: 그

연기만 내며 타오르는

사랑- 그리고 빛의 시종.

절반의 거짓인

작은 불꽃 하나 아직

이러한, 저러한

밤을 지새운 땀구멍 속에,

너희 손이 스치고 있는 그 구멍.

위에서 들리는 열쇠소리,

너희 위의 숨-

나무 속에서:

너희를 주시했던,

그 마지막 말은,

지금 제 곁에 머물며 남아 있어야 한다.

…………

너에게 기댔다, 손등걸로

찾아낸

삶이여.

두 집을 가지고는, 마냥 영원히, 너는
거주할 수 없다. 그런 까닭에
우리는 집을 짓고 짓는다. 그런 까닭에
마냥 서 있다, 이런
가련한 침대의 장소가, —빗속에,
그곳에 서 있다.

오라, 사랑하는 이여.
우리가 여기 누운 곳은, 바로
칸막이벽이니—: 그런 다음
그는 저에게 만족한다, 두번째로.

그를 내버려두자, 그는
자신이라는 전부를 가졌다 하니, 절반과
다시 절반으로. 우리는,
우리가 그 비의 침대다, 그가
와서 우리를 말려서 눕히리.

…………

그는 오지 않고, 그는 우리를 말려서 눕히지 않는다.

시베리아적인

궁형弓形의 기도들—너는
그 기도를 따라 하지 않았다, 그것이,
네 것들이었다고, 너는 생각하겠지.

혹고니는 매달려 있었다
옛적의 별자리 앞에:
물어뜯어 갈라진 입술로
얼굴 하나가 서 있었다—이러한
그림자 아래에도.

얼음벽 속에 누워
머물러 있는, 작은
방울
너의
하얀 조약돌을 입에 물고:

나에게도
천년의 빛깔을 지닌

그 돌이 목구멍에 맺혔다, 심장의 돌이,
나 역시
초록빛 대팻밥을
입술에 올리리.

여기 토사土砂의 평야를 넘어,
오늘 모래풀바다를 가로질러
입술은 이끈다, 우리의
청동-길을.
그곳에 나는 누워 너에게 말한다
살갗이 벗겨진
손가락으로.

BENEDICTA•

Zu ken men arojfgejn in himel arajn
Un fregn baj got zu's darf asoj sajn?••
이디시어••• 노래

너는-
마셨구나,
아버지들로부터 나에게 온 것을
그리고 아버지들의 저편에서 나온 것을:
— —프노이마••••.

너를-
축복한다, 멀리로부터, 내
꺼져버린 손가락의
저편으로부터.

• '축원' '축복' '칭송' '찬미' 등을 뜻하는 라틴어.
•• 이디시어로 "하늘로 올라가 신에게 물을 수 있을까/ 그래도 되냐고?"
••• 이디시어는 고지 독일어에 히브리어, 아람어, 슬라브어, 로만어가 섞여 형성된 언어로, 유럽 내륙 지방으로 이주해 거주중인 유대인과 세계로 각지로 흩어진 그 후손들이 사용한다.
•••• 고대 그리스 스토아학파에서 유래한 말로 '숨' '호흡' '공기' '정신' 등을 뜻한다.

축복이 있으라: 테네브레 촛대에게,
인사를 건넸던 너.

너, 네가 들었던 목소리는, 내가 눈을 감았을 때,
더이상 따라 부르지 않던 목소리 같은 것:
’s mus asoj sajn•.

너, 네가 말했던 것은 눈먼-
이들 가운데, 목초지에게:
그것은 같은 말, 그리고 다른
말:
축복받았노라.

마셨-
구나.

• 이디시어로 ‘꼭 그래야만 하나’.

축복-

받았구나.

Ge-

bentsch•.

• 이디시어로 '축복받았노라'.

À LA POINTE ACÉRÉE•

금속들이 벌거벗은 채 놓여 있다, 크리스털들,
정동晶洞들.
기록되지 않은 것이, 언어를 향해
단단해져서, 하늘
하나를 발굴한다.

(위를 향해 내던져지고, 드러내진 채,
가로질러, 그렇게
우리 또한 누워 있다.

문 그대는 언젠가 그 앞에 있었지, 죽임당한
석회별이 그 위에 놓인
칠판:
그 별을
지금 하나 가지고 —읽고 있는?—눈眼이.)

• 프랑스어로 '날카로운 첨단으로'. 보들레르의 『파리의 우울』에 수록된 「예술가의 고해기도」에서 인용한 표현.

그곳으로 가는 길들.
부글거리는 자전거 바퀴 자국을 따라
가는 숲의 시간.
주-
웠던
작고도, 벌어져 있는
너도밤나무 열매: 검은
열림, 손가락의
사유가 물었다
무엇을— —
무엇을 찾는가?

반복될 수 없음을
찾아서, 그를
찾아서, 모든 것을
찾아서.

부글거리는 길들 저곳으로.

갈 수 있는, 무언가가, 인사도 없이
마치 마음이 되어버린 것처럼,
온다.

III

환한

돌들이 공중을 지나간다, 밝고도-
하얀 돌들이, 빛을-
데리고 오는 돌들이.

그들은
내려앉으려고도, 추락하려고도,
맞히려고도 하지 않네. 그들은
떠오르네,
마치 듬성듬성 피어난
들장미들처럼, 그렇게 열리네,
그들은 부유하네
너를 향하여, 너 내 나직한 이여,
너 내 진실이여—:

나는 너를 본다, 너는 그것들을 꺾는다 내
새로운, 내
누구나의 손으로. 너는 그것들을
다시-밝음 속으로 집어넣는다, 누구도
울 필요도 명명할 필요도 없는 그 밝음 속으로.

ANABASIS•

이토록
벽들 사이에 좁다랗게 쓰여진
통행할 수 없는—진실한
가슴처럼 환한 미래로의
올라감과 되돌아옴.

저곳.

음절의-
방파제, 바닷-
빛, 드넓게
항행할 수 없음 저 바깥으로.

그다음은:
부표-,

• '위쪽으로의 행군', 특히 해안가에서 내륙으로의 행군을 의미하는 고대 그리스어. 이를 제목으로 한 고대 그리스 시대의 문헌들 중 가장 유명한 것으로 크세노폰의 페르시아 원정기가 전해진다.

근심의 부표-격자 울타리
초마다
아름답게 뛰어오르는
숨결의 반사와 함께: 빛나는-
종소리들 (둠-,
둔-, 운-,
unde suspirat
cor•),
촉발-
된, 되-
찾아진, 우리 것.

볼 수 있음, 들을 수 있음, 그
자유-
로워진 천막의 말:

• 라틴어로 '그로 인해 마음은 탄식하고'. 모차르트의 모테트 〈환호하라, 기쁘하라〉의 한 구절.

서로 함께.

투창기 하나, 숨의 길 위에서,

그렇게 방랑한다, 강한-

날개로, 그

진실된 것. 별-

궤도들

위에서, 세계의-

조각들로부터 입맞춤받으며, 시간-

알갱이들로부터 흉터가 남은 채, 시간의 먼지에, 함께-

고아가 된 당신들과 함께,

화산자갈, 난-

장이가 된, 미세해진, 섬-

멸된,

다 써버리고 버려진,

그 스스로의 운韻, ―

그렇게 날아서

온다, 그렇게 온다

다시 그리고 집으로,

심장박동을, 천년에 걸쳐

둥긂 속의 유일한

지침으로 따르기 위해,

그것은 하나의 영혼,

그것은 그의

영혼을

기술했다,

그것은 하나의

영혼을

해독한다.

HAWDALAH•

그 하나를, 그
단 하나의
실을, 그를
너는 잣는다—그에 의해
얽어매인 이여, 바깥
으로, 그곳으로,
묶인 곳으로.

커다랗게
물렛가락들은 서 있다
불모지 속으로, 나무들: 그것은,
아래로부터, 하나의
빛을 묶었다 공기-
방석 속으로, 그 위에 너는 상을 차리지, 빈
의자들 위에 그리고 그들의 사바트••

• '구별'을 뜻하는 히브리어로, 안식일과 평일 사이, 혹은 안식일 예배의 마지막 기도를 가리킨다. 이 시는 월요일에 쓰였다.
•• 유대인의 안식일로, 금요일이다.

광채를향하여— —

경의를 표하며.

LE MENHIR•

자라나는
돌의 회색빛.

회색빛 형상, 눈眼-
없는 너, 돌의 눈길, 그것과 함께 우리에게로
땅은 걸어나왔다, 인간적으로,
어둠 위에-, 백산다白山茶 길들 위에,
저녁에, 네
앞에, 하늘협곡.

정부情婦가 되어, 여기로 운반되어,
가슴 후미 너머로 가라앉아 사라졌다. 바다의-
맷돌은 빻았다.

밝은 날개로 너는 매달렸다, 때이르게,
금작화와 돌 사이에,

• 프랑스어로 '선돌'.

작은 나방이여.

검은, 성구상聖句箱 -
빛깔로, 그렇게 너희는,
너희는 함께-
기도하는 콩겹질들이었다.

서커스와 보루와 함께한 오후

브레스트•에서, 불꽃고리 앞에서,
호랑이가 뛰어오르던, 천막 안에서,
그곳에서 나는 너를 들었다, 유한성, 노래하는 것을,
그곳에서 나는 너를 보았다, 만델슈탐.

하늘은 정박소 위에 걸려 있었고,
갈매기는 기중기 위에 걸려 있었다.
유한을, 불변을 노래했던,—
너, 포함砲艦이여, 너는 '바오밥'이라 불린다.

나는 세개의 빛이 새겨진 깃발••에게
어느 러시아 말로 인사했다—
잃어버림은 잃어버리지 않음이었다,
심장은 요새였다.

• 프랑스 브르타뉴 지방에 위치한 항구도시로, 유럽에서 가장 서쪽에 있다.
•• '삼색기'는 흔히 프랑스 국기를 가리키지만, 여기서는 러시아 국기를 의미한다.

낮에

토끼털-하늘. 아직도
명확한 날개 하나를 기록하고 있다.

나 또한, 너를 회상하리,
먼지-
빛깔은, 학이 되어
왔다고.

케르모르방•

너 센토리••-작은 별,
너 오리나무, 너 너도밤나무, 너 고사리:
그대들 가까움과 함께, 나는 멀리로 간다,—
우리는 너에게로 간다, 고향이여, 그물 속으로.

체리월계수 열매들은
수염 난 야자수 몸통에 검게 매달려 있다.
나는 사랑한다, 나는 희망한다, 나는 믿는다,—
작은 돌야자대추 열매가 벌어진다.

격언은 말한다—누구에게? 제 스스로에게:
Servir Dieu est régner,•••—나는
그를 읽을 수 있다, 나는 할 수 있다, 그것은 더욱 밝아질 것이다,

• 첼란의 여름 별장이 있던 프랑스 브르타뉴 지방의 한 지역.
•• 수레국화속 한해살이 식물.
••• 프랑스어로 '신에게 봉사하는 것은 지배하는 것이다'. 케르모르방 영주의 방패에 새겨진 구절.

멀리 칸니트페어슈탄• 으로부터.

• 독일의 작가이자 교육자, 주교, 방언문학의 선구자였던 요한 페터 헤벨이 지은 『캘린더 이야기』에 실린 일화에 나오는 표현. 암스테르담을 방문한 시골 소년이 사람들에게 집주인이 누구인지, 배의 주인은 누구인지 물을 때마다 "칸니트페어슈탄(나는 당신 질문을 이해하지 못하겠습니다)"이라는 대답이 돌아오자 소년은 그 대답을 '칸니트페어슈탄 씨의 소유'라는 의미로 이해했다고 한다.

나는 대나무를 잘랐네:

너를 위해, 내 아들아.

나는 살아왔다.

이 아침을 실어-

간 오두막집, 집은

서 있다.

나는 함께 짓지 않았네: 너는

모른다, 어떤 종류의

그릇들 속에 내가

내 주변의 모래를 넣어두었는지, 몇 해 전,

분부와 명령으로 말이다. 네 것은

노천으로부터 와서—자유로이

머문다.

여기에 발을 내린, 갈대는, 내일도

여전히 서 있다, 구속 없는 가운데

영혼이 너를 또 어디로

몰고 간다 해도.

콜론•

말-불침번의 빛
속을 편력했던
손이 아님.

하지만 그대, 잠든 이여, 언제나
저마다의 휴식 속에서
말에 대해 진실하게:
얼마나 많은
'함께있음으로부터떨어져나옴'을 위해
그대는 다시 떠남을 준비하나:
그것은 침대
기억!

그대 느끼는가, 우리는 누워 있다
하얗게, 수천의-

• 산문이나 시행에서 세 단어 이상으로 구성된 리듬의 단위. 첼란은 이를 '숨의 단위'라고 정의했다.

빛깔을 가진, 수천의

입을 가진

시간바람, 입김해年, 심장-결코없음 앞에.

IV

무슨 일이 일어났나? 돌이 산으로부터 나왔다.
누가 깨어났나? 너 그리고 나.
언어, 언어. 별과-함께. 땅-옆에.
더 가난하게. 열린. 고향 같은.

어디로 갔나? 아직 소리가 잦아들지 않은 것을 향해.
돌과 함께 갔네, 우리 함께 둘이서.
심장 그리고 심장. 너무나 무겁게 있었네.
더 무겁게 되리. 더 가벼운 채로.

하나 속에서

2월 13일•. 심장의 입안에서
깨어난 쉬볼렛. 너와 함께,
파리의
사람들. 노 파사란.

어린 양은 왼편으로: 그는, 아바디아스,
우에스카의 노인••, 개들과 함께 왔네
들판을 넘어, 망명중에
구름 하나가 하얗게 멈춰 서 있었다
사람다운 귀족, 그가 우리에게
손안으로 말을 건넸다, 우리에게 필요했던, 그 말은
양치기-스페인어, 그 안에는

범선의 얼음빛 속 '오로라':
그것은 형제의 손, 단어가 커다랗게 새겨진

• 1962년 2월 8일 파리에서 시위대의 무력 진압에 희생된 이들을 추모하기 위해 수백만 명이 장례행렬에 함께한 날.

•• 스페인 내전을 피해 노르망디로 온 양치기다.

눈眼에 붙들린 완장으로
손짓하는—페트로폴리스•, 그
잊히지 않은 유랑자의 도시는 네 가슴에도
토스카나••풍으로 누워 있었다.

오두막에게 평화를!•••

• 만델슈탐이 쓰고 첼란이 번역한 시 제목. 시에서는 '상트페테르부르크'를 대신하는 말로 쓰였다.
•• 만델슈탐의 시 「비교하지 마라」에 나온 표현.
••• 프랑스혁명의 구호를 어순을 바꾸어 사용한 게오르크 뷔히너의 말을 인용한 표현.

밖으로 왕관이 씌워진 채,
밤 속으로 뱉어진 채.

어떤 별들
곁에서인가! 오로지
회색빛이 되도록 두들겨진 심장망치은銀. 그리고
베레니케•의 머리칼, 또한 여기, ―나는 땋았다,
내가 풀었다,
내가 땋는다, 푼다.
나는 땋는다.

푸름골짜기, 네 속으로
나는 황금을 몰아가네. 또한 그와 함께,
창녀들과 소녀들에게 홀린 이와 함께,
나는 온다 그리고 나는 온다. 네게로,
사랑하는 이여.

또한 저주와 기도와 함께. 또한 저마다와 함께,
내 너머로 휙휙-

• 이집트 여왕 베레니케 2세의 이름을 딴 별자리. 그녀는 남편 프톨레마이오스 3세가 세번째 시리아원정을 떠나자 신들에게 머리칼을 바쳤다.

거리던 곤봉들과 함께: 또한 그들도
하나로 녹아들어서, 또한 그들도
남근으로 묶여서 네게로,
볏단-그리고-말.

저마다의 유배로 인해
흠뻑 젖은, 이름들과 함께.
이름들과 씨앗들과 함께,
모든 잔 속에
잠겼던,
이름들과 함께, 네 왕의 피로
가득찼던 잔 속에, 사람아, ―커다란
게토-장미의,
모든 잔 속에, 그곳으로부터
그대가 우리를 바라본다, 아침길들 위에서
죽은 죽음들만큼 불멸이 되어.

(그리고 우리는 노래했다 바르쇼앙카•를.
갈대가 된 입술로, 페트라르카••여.

• 폴란드의 혁명노래. 바르샤바는 만델슈탐의 출생지이기도 하다.
•• 르네상스 시대 이탈리아의 시인이자 학자. 만델슈탐이 시베리아 수용소에서 그의 소네트를 낭독했다고 하며, 첼란은 작가이자 기자였던 일리야 에렌

툰드라-귓 속에서, 페트라르카여.)

그리고 땅이 솟아오른다, 우리의 땅,
이 땅이.
그리고 우리는
우리 가운데 누구도
그대에게 내려보내지 않는다,
바벨이여.

부르크의 회고록을 읽고 이 사실을 알게 되었다고 한다.

불멸이었던, **그 말은 나에게 어디로**, 떨어졌는가:
이마 뒤에 있는 하늘골짜기 속으로,
그곳으로 간다, 침과 쓰레기에 이끌려,
나와 함께 사는, 일곱별이여.

밤의 집 속 운韻, 똥 속의 숨결,
눈眼은 상像들의 시종—
그럼에도: 꼿꼿한 침묵, 돌 하나,
그 악마의 계단을 에둘러 가네.

LES GLOBES•

길 잃은 눈眼들 속—거기서 읽으렴 :

태양의-, 심장의 궤도들, 이것은
질주하는-아름다운 무의미.
죽음과 모든 것이
그들에게서 태어난 것들. 그
혈족의 사슬,
여기에 매장되어 누워 있고
여기에 아직 매달려 있는, 에테르 속에,
심연의 가장자리를 장식하면서. 모든
얼굴의 문자, 그 속으로
윙윙거리는 말모래가 파고 들어간—작은 영원한 것,
음절.

모든 것,
가장 무거운 것마저도, 날아

• 프랑스어로 '천체(天體)'.

갔다, 아무것도
잡아두지 않았다.

후헤디블루

묵직한-, 묵직한-, 묵직한-

것들이

말들의 길 위에 그리고-숲길 위에.

그리고—그래—

비밀재판-시인들이 뒤집어쓴 가죽들은

두꺼비소리를 내며 히틀러짓•을 하며 숙덕거리며 독사짓을 하며,

장문의 편지들을 주고받는다.

손- 그리고 손가락의 내장으로부터,

불길하게 예언된 것은, 그런 것들 위

문자와는 거리가 먼

어느 예언자의 이름에 복종한다,

주소와 추신으로, 재차 보낸 편지로, 9월의

님머멘쉬탁••의 날짜 아래에—:

• 나치의 시인이자 작가였던 빌 베스퍼의 이름을 첼란이 동사형으로 바꾼 것.

•• 독일어로는 'Nimmermenschtag'. 글자 그대로의 뜻은 '더이상 사람이 아닌 날'. 1939년 9월 15일 나치가 뉘른베르크에서 만든 인종법으로 인해 독

언제,

언제 꽃피나, 언제,

언제 꽃피나 그들, 휘헨디블뤼•

후헤디블루, 그래 그들, 그 9월의-

장미들은?

휘—on tue••…… 그래 언제?

언제, 언제언제,

미친언제•••, 그래, 미친,—

일에 살던 유대인들은 시민권을 잃어버렸다. 또한 1941년 9월 29일과 30일 나치는 키예프 교외의 바비야프에서 삼만사천 명의 유대인을 학살했다. 나치에 핍박당한 유대인들을 추모하기 위한 것인 듯, 첼란의 시에는 9월이 자주 등장한다.

• '꽃이 피다'를 뜻하는 독일어 동사 'blühen'과 시의 제목을 결합해 변형한 말놀이.

•• 초기 판본에는 "on tue/ les/ poètes pour les citer après(우리는 시인을 인용하기 위해 죽인다)"라고 되어 있다.

••• 원문은 'Wahnwann'. 독일어로 '미친'을 뜻하는 'wahn'과 '언제'를 뜻

형제여

눈멀었구나, 형제여

꺼져갔구나, 너는 읽는다,

너는 읽는다 그리고 너는,

여기 이러한 것을, 이러한:

일-

치하지 않음을—: 언제

꽃피나 그것은, 그 언제라는 것은,

그 어디로부터라는 것은, 그 어디로라는 것은, 그리고 무엇이

그리고 누가

즐기며-, 오롯이-, 빈둥빈둥- 그러면서 자신을 위해 사나, 그

축의 음을, 텔루스•를, 자신의

귀-

밝음 앞에서 윙윙거리는

영혼의 귀 속에,

하는 'wann'의 발음이 같은 데 착안한 조어.

• 로마신화에 나오는 대지의 여신.

축의 음 깊이

우리의 별처럼 둥근

처소의 내면에 있는 회환을? 왜냐하면

그것은, 그럼에도, 심장의 감각 속에서, 움직이니까.

음을, 오,

오-음을, 아,

A 그리고 O,

오-이-교수대는-또-다시, 아-그것은-번성하네,

오래된 만드라고라• 들판에

번성하네 그것은,

장식 없이-장식된 잡초로,

잡초로, 수식어로, 손도끼어로••,

• 뿌리 모양이 사람의 하반신을 연상시켜 뿌리에 악령 혹은 사형당한 자의 영혼이 깃들어 있다는 속설이 전해 내려오는 식물.

•• '잡초'를 뜻하는 독일어 명사 'Beikraut'를 이루는 형태소 'bei'를 출발점 삼아 'Beiwort(수식어)'와 'Beil(손도끼)'를 연상해낸 말놀이.

형-

용사적으로, 그렇게 간다네

그들은 인간을 사랑하여, 그림자들을,

듣는다네, 모든 것에

반대했었고—

휴일의 후식, 더이상은 아니었다,—:

소박하게,

동시대적으로 그리고 법적으로

쉰더한네스•는 일하러 가네,

사회적으로 그리고 알리바이-요정처럼, 그리고

율헨••, 율헨은:

우람한 존재로 트림을 하네•••

• 18~19세기 이름난 도둑이었던 요하네스 뷔클러의 별명. 백여 건의 범죄를 저지른 끝에 결국 사형을 당했다.

•• 요하네스 뷔클러와 함께 남장을 하고 도둑질을 했던 그의 아내 율리아나의 별명.

••• 첼란이 독일어로 번역한, 프랑스 시인 아폴리네르의 시 「쉰더한네스」의 한 구절.

트림하여 단두대를 출발시키네, —call it (hott!)

love.

Oh quand refleuriront, oh roses, vos septembres?•

• 프랑스어로 '오 언제 다시 피는가, 오 9월의 장미는?' 첼란이 체르노비츠에서 번역한 베를렌의 시구를 변형한 표현.

오두막 창문

눈眼, 어둡다:
오두막 창문처럼. 모여든다,
세계였고, 세계로 머무는 것이: 방랑하는-
동쪽, 그
떠도는 이들, 그
사람들-그리고-유대인들,
구름떼-같은-민중, 자석처럼
끌어당긴다, 심장손가락으로,
네게로, 땅이여:
너는 온다, 너는 온다,
우리는 거주하리라, 거주하리라, 무엇인가

—숨인가? 이름인가?—

고아가 된 것 속에서 헤맨다,
춤추듯, 투박하게,
천사의-
날개들은, 보이지 않는 것에 의해 무겁게, 상처로

살갗이 벗겨진 발에, 머리는-
무겁게
비텝스크•에서도 내리던,
검은 우박에도, 균형을 잡으며,

—그리고 그들, 그의 씨를 뿌린 이들, 그들은
그를 지워버린다
흉내내는 철갑주먹손아귀로!—,

간다, 헤매며 간다,
찾는다,
찾는다 아래에서,
찾는다 위에서, 멀리서, 찾는다
눈眼으로, 켄타우로스 자리의
알파별을 아래로 가져온다, 아르크투루스를, 가져온다

• 벨라루스의 도시. 샤갈의 고향이며 독일 시인 보브로프스키의 시에도 언급된다.

빛줄기를 더하여, 무덤들로부터,

간다, 게토와 에덴으로, 별자리를
한데 모아 꺾는다, 그가,
사람으로, 거주하는 데 필요한 그것, 여기
사람들 속에서,

사열한다
문자들을 그리고 문자의 죽어갈-
영원히 살아갈 영혼을,
간다, 알레프•로, 유트••로 그리고 계속해서 간다,

그것을 만든다, 다비드의 방패를, 그것을
타오르게 한다, 한 번,

• 히브리어 알파벳의 첫 글자.
•• 히브리어 알파벳의 열번째 글자. 이 글자로부터 발음할 수 없는 신의 이름이 시작된다.

그것을 꺼지게 한다—그곳에 그는 서 있다,
보이지 않게, 서 있다
알파와 알레프의 곁에, 유트의 곁에,
다른 것들 곁에, 모두의
곁에. 네
안에,

베트* —이것은
집이다, 거기 탁자가 서 있다 빛과

함께 또 빛과 함께.

* 히브리어 알파벳의 두번째 글자. 히브리어 성경은 이 글자와 함께 시작된다.

음절 고통

그것은 너의 손안에 있었다:
어떤 너, 죽음 없는,
네게서 모든 나는 깨어났지. 말없는
목소리들은 둘러싸여 나아갔다, 빈 형식들, 모든 것이
그 속으로 들어갔다, 섞여서
그리고 분리되어서
그리고 다시
섞여서.

그리고 숫자들은
셀 수 없는 것 속으로
함께 엮였다. 일과 천 그리고 그
앞에 그리고 그 뒤에
저보다 더 크거나, 더 작거나, 무르-
익은 그리고
싹터오르는 '결코아님' 속에서
뒤로- 그리고 앞으로-
변화한.

잊힌 것은
잊어가는-것을 잡는다, 땅조각들, 심장조각들은
헤엄쳤다,
가라앉았다 그리고 헤엄쳤다. 콜럼버스,
눈眼 속의 콜-
키쿰, 어머니-
꽃은,
돛대와 돛을 살해했다. 모든 것은 출항했다,

자유롭게,
발견자들답게
바람장미는 시들었고, 이파리도
떨어졌다, 세계의 바다는
떼를 지어 드러나게 피어났다, 거칠게 키가 움직이며 그려낸
검은 빛 속에서. 관 속에서,
유골단지 속에서, 에트루리아의 단지* 속에서
아이들은 깨어났다

벽옥, 마노, 자수정—민족,
종족 그리고 씨족, 눈먼 것이

있으리

뱀머리처럼 생겨서 풀어져 있는-
밧줄에
엮여 있으리—: 하나의
매듭으로
(그러니까 저항하는- 그리고 거스르는- 그리고 또다시- 그리고 쌍둥이의- 그리고 천- 가지의 매듭), 그 매듭에서
심연 속에 있는 담비별의
사육제 같은 눈을 가지고 부화한 새가
한 글자씩-, 한 글자씩-, 한 글자씩-
읽었으리, 읽었으리라.

• 사람 머리 모양 뚜껑이 덮이고 배가 불룩 나온 항아리.

LA CONTRESCARPE*

숨동전을 토해내라
너와 나무를 둘러싼 공기로부터:

그렇게
많이
요구당했다, 희망이
위로- 아래로 실어날랐던 것들로부터,
심장의 혹이 달린 길을—그렇게
많이

제 밤의 포도주를 마셨던 그가,
빵화살과 마주쳤던,
그 길모퉁이에서, 그 포도주는
비참의-, 왕의-
불침번이었다.

* 파리의 5구역에 위치한 광장. 이 근처에 첼란의 직장이 있었다고 한다.

감시하던, 손들이 함께 오지 않았다면,
그들 성배의 눈眼 속에 깊이 박혀 있던 행운도
오지 않는 걸까?
그때, 멀리서
빛을 주었던, 사람처럼 울리는 3월의 귀는,
속눈썹을 떨며, 오지 않았을까?

전서비둘기가 이탈했다면, 그들 반지의 암호는
해독될 수 있었을까? (그들을 둘러싼
모든 구름—그것은 읽을 수 있었다.) 새떼가
시달렸던가? 그리고 이해했던가,
그래서 그들처럼 멀리 날아가서 오지 않았던가?

지붕슬레이트 조선대造船臺, —비둘기-
깃대 위에, 헤엄치는 무언가가 놓여 있다. 격벽을 통해
소식이 흘러나온다, 시효가 소멸한 것이
젊디젊게 뱃전을 지나간다.

크라카우를 지나
너는 도착했네, 안할터
역•에서
연기가 네 눈길 쪽으로 흘렀네,
연기는 이미 아침으로부터 피어올랐지. 오동나무
아래
너는 주머니칼이 서 있는 것을 보았다, 다시,
먼 곳에서부터 날카롭게. 춤을
추었다 (Quatorze
juillets. Et plus de neuf autres••.)
뒤틀린 것, 원숭이 같은 시행詩行, 비뚤어진 아가리들이
살아가는 것을 흉내내었다. 주인은
현수막에 덮여,
무리에게로 갔다. 그는 셔터를 눌러

• 베를린에 있는 기차역. 첼란은 열여덟 살이던 1938년 11월에 파리로 가기 위해 크라카우를 경유해 베를린에 도착했다. 이때가 그의 첫 독일 방문이었다.

•• 프랑스어로 '7월 14일. 그리고 아홉 날 더.'

작은 기념사진을
남겼다. 자동-
셔터, 그것은
너였다.

오 이 친-
근함. 그러나 다시,
그곳, 네가 가야 하는 곳, 하나의
정밀한
크리스털.

모든 것은 다르다, 네가 생각한 것과도, 내가 생각한 것과도,
깃발은 아직 나부낀다,
작은 비밀들은 아직 제 곁에 있다,
그들은 아직 그림자를 던진다, 그 그림자에 의해
네가 산다, 내가 산다, 우리가 산다.

네 혀 위에 놓인 은화가 녹는다,
은화는 아침맛이 난다, 언제나의 맛 같다, 러시아로 향하는
길 하나 네 가슴속에서 솟아난다,
카렐리야의 자작나무들은
기다
렸다,
그 이름 오시프가 네게로 다가온다, 너는 그에게 이야기를 들려준다,
그가 이미 알고 있는 것인데도, 그는 그것을 받아들인다, 그는 네게서 그것을 받아들인다, 두 손으로,
너는 그의 팔을 어깨에서 떼어놓는다, 오른쪽 팔을, 왼쪽 팔을,
너는 네 팔로 그 자리를 꽉 잡는다, 두 손으로, 손가락들로, 선으로,

—떼어놓았던 것이, 다시 함께 자란다—

여기 너는 그들을 가졌다, 여기 그들을 네게 받아들이렴, 여기 너는 둘 모두를 가졌다,

이름을, 이름을, 손을, 손을,

여기 그들을 증표로 받아들이렴,

그 역시 그것을 받아들이므로, 그리고 너는

다시, 네 것인 것을, 그의 것이었던 것을 갖는다,

풍차들이

공기를 네 폐 속으로 밀고 온다, 너는 노를 젓는다

운하를 통과해, 해안호와 수로를 거쳐,

말빛 곁에서,

배꼬리엔 왜라는 물음 없이, 뱃머리엔 어디로라는 물음 없이, 숫양뿔이 너를 들어올린다

—테키아•!—

밤을 지나 낮 쪽으로 울리는 트럼펫소리처럼, 그 예언자••들은

서로를 갈기갈기 찢는다, 인간은

자신의 평화를 가진다, 신도

• 길게 내는 나팔소리. '왕이 오네'라는 뜻으로 불린다.

•• 로마시대에 신의 계시를 해석하던 사람들.

자신의 평화를 가진다, 사랑은
침대들로 돌아온다, 여자의
머리칼은 다시 자란다,
여자의 가슴에
안으로 접힌 유두가
다시 돋아오른다, 생명의-
심장의 선들을 향하여 깨어난다
허릿길을 올라가는 네 손안에서,—

이름이 무엇이냐, 네 땅은
산 뒤에, 세월 뒤에 있는 네 땅은?
나는 안다, 이름이 무엇인지.
겨울동화• 처럼, 그렇게 불리지,
여름동화처럼 불리지,
네 어머니의 삼년나라••, 그랬지,
그것이지,
그 땅은 사방으로 돌아다니지, 언어처럼,
언어를 갖다버려, 언어를 갖다버려,
그러고는 너는 언어를 다시 가진다, 그처럼,

• 하인리히 하이네가 1843년에 쓴 풍자 서사시 「독일. 겨울동화」에서 가져온 표현.
•• 첼란의 어머니는 1차대전 중 전쟁을 피해 프라하에 삼 년간 머물렀다.

메렌 요지凹地•에서 온
자갈돌처럼,
네 생각을 프라하로,
무덤 위로, 무덤들 위로, 삶 속으로 날랐던 그 돌,

오래전에
그는 떠났다, 편지들처럼, 모든
가로등처럼, 다시금
너는 그를 찾아야만 한다, 여기 그가 있다,
그는 작다, 창백하게,
구석에, 여기 그가 누워 있다,
보헤미아에 있는—노르망디-니예멘•• 인근에,
여기, 여기, 여기,
집 뒤에, 집 앞에,
그는 창백하다, 창백하게, 그가 말한다:
오늘—그것은 유효하다고.
창백하다 그는, 창백하게, 물-
빛줄기가 가로질러 찾아낸다, 심장의 빛줄기를,
강을,

• 폴란드와 체코의 국경 부근에 위치한 모라비아강의 발원지.
•• 2차대전 중 연합군, 특히 소비에트연합의 붉은군대 편에서 싸우던 프랑스 전투기 편대의 이름.

너는 그의 이름을 안다, 강가는

가득히 한낮에 매달려 있다, 이름처럼,

너는 그를 더듬는다, 손으로:

알바•.

• 라틴어로 '하얀'을 뜻하는 'albus'의 여성형.

그리고 타루사•에서 온 책과 함께

Все поэты жиды••

마리나 츠베타예바

개의
별자리로부터, 그 속에 있는
밝은 별로부터 그리고 난쟁이-
등불로부터, 지상을 향하여 비춰 보이던 길들을
함께 직조한 등불로부터,

순례자의
지팡이들로부터, 또한 그곳, 남쪽인 것으로부터, 낯설게
그리고 밤의 올에 가깝게
마치 매장되지 않은 말들처럼,
당도한 목표들과 오래된 묘석들과 요람들의
영향권 안을

• 모스크바 남쪽, 오카강 옆에 자리잡은 작은 도시. 1961년 이곳의 작가 마을에서 출간된 작품집에 러시아 시인 마리나 츠베타예바의 시 41편이 실려 있다. 위 시에 나오는 책은 바로 이 책을 의미한다.

•• 러시아어로 "모든 시인은 치디다." 러시아 시인 마리나 츠베타예바의 「끝의 시」에 나오는 구절을 변용한 표현. '치디'는 '유대인'을 격하해서 부르는 러시아어.

배회하면서.

진실로- 그리고 앞서서- 그리고 지나서- 너를-향하여-
로부터,
위로 올라가서 말해진
것으로부터,
그곳에서 채비되어 있는, 사람들이
불모지와 부적합한 시간으로부터 벗어나면서,
파괴할 수 없는 시계장치와 함께 내뱉은
제 심장들 중 하나를
닮은 것으로부터. 이러한
째깍거림과 째깍거림으로부터
자갈-정육면체들의 한가운데서
하이에나 발자국 위로 거슬러 가며,
위쪽으로 추적해갈 수 있는
조상-
계열과 함께 그들의-
이름-그리고-그의-

둥근 골짜기로부터.

한 그루의

나무로부터, 한 그루로부터.

그래, 또한 그 나무로부터. 그리고 나무를 둘러싸고 있는 숲으로부터. 사람의 발길이 닿지 않은

숲으로부터, 나무가 생겨나온

생각으로부터, 음音처럼

그리고 반음처럼 그리고 전모음轉母音처럼 그리고 말음末音처럼, 스키타이어처럼

함께 운을 맞추어

두들겨진-관자놀이의

소절小節 속에서,

숨쉬는 초원의-

지푸라기들로 기록된

시간과 시간 사이 휴지기의

가슴속으로—제국 속으로,

가장 먼

나라들에서, 커다란
압운 속으로
침묵하는 민중의-영역
저편에서, 네 안으로
언어저울, 말저울, 고향-
저울 망명으로부터.

이러한 나무, 이러한 숲으로부터.

다리의-
마름돌로부터, 그가
삶 속으로 건너가-
충돌한 그 돌, 상처로부터
떠날 수 있는—미라보
다리로부터.
오카강•이 함께 흐르지 않는 곳. Et quels

• 러시아 볼가강의 지류.

amours![*] (키릴어적인 것이여, 벗들이여, 그것 또한
나는 말을 타고 센강을 건너갔다,
말을 타고 라인강을 건너갔다.)

한 통의 편지로부터, 그로부터.
한-편지로부터, 동쪽-편지로부터. 강력한,
미세한 말言더미로부터, 무장하지 않은
눈眼으로부터, 그는
오리온자리의
세 허리띠별—야곱의-
지팡이를, 너,
다시 한번 와서는 가버렸네!—

이끈다
그들이 그에게 펼쳐주었던, 하늘지도 위로.

• 프랑스어로 "그리고 이 무슨 사랑인가!"

그 일이 벌어졌던, 탁자로부터.

더미에서 나온, 말 하나로부터,
그 옆에서 그가, 탁자가,
노 젓는 이의 자리가 되었던, 오카-강으로부터
그리고 물로부터.

곁단어로부터,
어느 노젓는 시종이 그의 귀-
밝은 노받이의 늦여름 귀 속으로,
흉내내어 삐걱거리는 그 말로부터:

콜키스.

공기 속에, 그곳에 네 뿌리는 머문다, 그곳에,
공기 속에.
지상의 것이 둥글게 뭉치는 곳, 흙처럼,
숨-그리고-진흙.

커다랗게
추방당한 자는 거기 위로 간다, 그
추방당한 자는: 포머, 집은
딱정벌레노래• 속에, 모성으로 머물렀던, 여름의, 밝은-
피처럼 모든 아슬아슬한,
겨울을 잘 견디는-차가운
가장자리 곁의
음절들.

그와 함께
자오선들은 방랑한다:
태양이 조종하는 고통에
빨려-

• '포머'와 '딱정벌레노래'는 1800년경 만들어진 독일 동요 '딱정벌레의 노래'를 변용한 것이다. 동요의 가사는 다음과 같다. '딱정벌레야, 날아가라!/아버지는 전쟁 속에 있네/어머니는 포머 나라에 있네/포머 나라는 불타버렸네.' 이 노래에 나오는 '포머 나라'가 실제 존재하는 지명인지는 확실치 않다.

올라가, 어느 사랑하는 먼 곳의
정오의 격언에 따라 나라들로 하여금
형제가 되게 한,
그 고통. 모든-
장소는 여기이고 오늘이다, 그러하다, 절망으로부터 생겨난,
광채,
둘로 갈라졌던 것들은 그 속에서
제 눈먼 입들과 함께 나타난다:

입맞춤은, 밤처럼,
하나의 언어에 감각을 낙인찍는다, 그 언어에게서 그들은 깨어난다, 그들은—:

섬뜩한 파문破門 속에서
고향으로 돌아왔다,
흩어진 자들을 불러모은 파문, 그
별들의 황무지를 가르며 영혼을 이끌었던 흩어진 자들, 그
저 위에서 그들 시선과 배의 공간에
천막을 치는 사람들,
아주 작은 곡식단 같은 희망,
그 속에서 대천사의 날개짓에 살랑거리는 소리가 나며, 비운으로,

형제들, 자매들, 그
너무나 가볍게, 너무나 무겁게, 너무나 가볍게
있던 그들
세계의 저울과 함께, 피를-
더럽히는 것 속에서, 삶이 끝날 때까지
이방인들의, 끔찍한 품안에서,
별자리들에 의해 정액처럼 화환으로 장식되어, 무겁게
얕음 속에 깃들면서, 몸들은
문지방에게 쌓여, 제방들에게로, —그

얕은 개울 같은 존재, 그것을 넘어서
신들의 안짱다리 이편으로-
비틀거리며 온다—어떤 이의
별시간은
너무 늦은 걸까?

육필 원고

파울 첼란 연보

I

Auf Reisen

Es ist eine Stunde, die macht dir den Staub zum Gefolge,
Dein Haus in Paris zur Opferstatt deiner Hände,
Dein schwarzes Aug zum schwärzesten Auge.

Es ist ein Gehöft, da hält ein Gespann für dein ~~[illegible]~~ Herz.
Dein Haar möchte wehn, wenn du fährst, das ist ihm verboten.
Die bleiben und winken, wissen es nicht.

Paul Celan

II

SO DANN
NUN BIST DU GAR GEWORDEN
WIE ICH DICH NIE GEKANNT
DEIN HERZ SCHLÄGT ALLERORTEN
IN EINEM BRUNNENLAND,

WO KEIN MUND TRINKT UND KEINE
GESTALT DIE SCHATTEN SÄUMT
WO WASSER QUILLT ZUM SCHEINE
UND SCHEIN WIE WASSER SCHÄUMT

DU STEIGST IN ALLE BRUNNEN
DU SCHWEBST DURCH JEDEN SCHEIN
DU HAST EIN SPIEL ERSONNEN,
DAS WILL VERGESSEN SEIN.

III

Schlaf und Speise

Der Hauch der Nacht ist dein Laken, die Finsternis legt sich zu dir.
Sie rührt dir an Knöchel und Schläfe, sie weckt dich zu Leben und Schlaf,
Sie späht dich im Wort auf, im Wunsch, im Gedanken,
Sie schläft bei jedem von ihnen, sie lockt dich hervor.
Sie kämmt dir das Salz aus den Wimpern und tischt es dir auf,
Sie lauscht deinen Stunden den Sand ab und setzt ihn dir vor.
Und was sie als Rose war, Schatten und Wasser,
Schenkt sie dir ein.

IV

Die Ewigkeit

Rinde des Nachtbaums, rostgeborene Messer
flüstern dir zu die Namen, die Zeit und die Herzen
Ein Wort, das schlief, als wirs hörten,
schlüpft unters Laub:
beredt wird der Herbst sein,
beredter die Hand, die ihn aufliest,
frisch wie der Mohn des Vergessens ~~die Hand~~ der Mund, der sie küßt.

Die Stunde, flügelnd in den Dünen –
Die Zeit, aus feinem Sande, singt in meinen Armen:
ich lieg bei ~~[illegible]~~ ihr, ein Messer in der Rechten.

So schäume, Welle! Fisch, trau dich hervor!
Wo Wasser ist, kann man noch einmal leben,
noch einmal mit dem Tod im Chor die Welt herübersingen,
noch einmal aus dem Hohlweg rufen: Seht,
wir sind geborgen,
seht, das Land war unser, seht,
wie wir dem Stern den Weg vertraten!

Paris, 16. ~~[illegible]~~ IX. 51

VI

Unstetes Herz, dem die Heide die Stadt baut
inmitten der Kerzen und Stunden,
du steigst
mit den Pappeln hinan zu den Teichen:
im Nächtlichen schnitzt dort
die Flöte den Freund ihres Schweigens
und zeigt ihn den Wassern.
Am Ufer
wandelt vermummt der Gedanke und lauscht:
denn nichts
tritt hervor in eigner Gestalt,
und das Wort, das über dir glänzt,
glaubt an den Käfer im Farn.

London, Golders Green
29.VIII.51.

VII

Sie kämmt ihr Haar wie man den Toten kämmt
Sie trägt den bleiernen Schleier unterm Hemd.

Sie hängt den Schleier der Welt an einer Schnur.
Sie weiß die Unke, doch sie lächelt nur.

Sie mischt ihr Lächeln in den Becher Wein.
Du mußt ihn trinken, in der Welt zu sein.

Du bist das Bild, das ihr der Schleier zeigt,
wenn sie sich stumm über ihr Leben neigt.
immer über Leben neigt

Paris, 27. Februar 1951.

Du schlugst die Augen auf – ich seh mein Dunkel leben.
Ich seh ihm auf den Grund:
auch da ist's mein und lebt.

Setzt solches über? Und erwacht dabei?
Wes Licht folgt auf dem Fuß mir,
Daß sich hier Fergen fanden?

5. XII. 1954.

IX

Andenken

Feigengenährt sei das Herz,
darin sich die Stunde besinnt
auf das Mandelauge des Toten.
Feigengenährt.

Schroff,
im Anhauch des Meers,
die gescheiterte
Stirne,
die Klippenschwester.

Und um dein Weisshaar vermehrt
das Vlies
der sömmernden Wolke~~n~~.

X

Wir sehen dich, Himmel, wir sehn dich
Locke um Locke
treibst du hervor,
Pustel um Pustel.
So mehrst du die Ewigkeit.

Wir sehen dich, Erde, wir sehn dich.
Seele um Seele
setzest du aus,
Schatten um Schatten.
So atmen die Wände der Zeit.

7. XII. 1954.

Die Winzer

Für Nani und Klaus Demus

Sie herbsten den Wein ihrer Augen,
sie keltern alles Geweinte, auch dieses:
so will es die Nacht,
die Nacht, an die sie gelehnt sind, die Mauer,
so forderte es der Stein,
der Stein, über den ihr Krückstock dahinspricht
ins Schweigen der Antwort –
ihr Krückstock, der einmal,
einmal im Herbst,
wenn das Jahr zum Tod schwillt, als Traube,
der einmal durchs Stumme hindurchspricht, hinab
in den Schacht des Erdachten.

Sie herbsten, sie keltern den Wein,
sie pressen die Zeit wie ihr Auge,
sie kellern das Sickernde ein, das Geweinte,
im Sonnengrab, das sie rüsten
mit nachtstarker Hand:
auf daß ein Mund danach dürste, später –
ein Spätmund, ähnlich dem ihren:
Blindem entgegengekrümmt und gelähmt –
ein Mund, zu dem der Trunk aus der Tiefe emporschäumt, indes
der Himmel hinabsteigt ins wächserne Meer,
um fernher als Lichtstumpf zu leuchten,
wenn endlich die Lippe sich feuchtet.

London, Willesden Green
am 1. März 1955.

XII

Es wird noch ein Auge sein,
ein fremdes, neben dem unsern:
stumm unter steinernem Lid.

Kommt und treibt einen Stollen.

Es wird eine Wimper sein,
einwärts gekehrt im Gestein,
von Ungeweintem verstählt,
die feinste der Spindeln.

Vor euch tut sie das Werk,
als gäb es, weil Stein ist, noch Brüder.

I.「여행중에」(본문 65쪽)

II.「이제 너는 완전히 되어버렸어」(본문 79쪽「그러니까 너는 그렇게 되었네」와 같은 작품)

III.「잠과 음식」(본문 85쪽)

IV.「영원」(본문 88쪽)

V.「그대, 시각이여, 모래언덕에서 날개를 달고 있구나」(본문 89쪽「파도」와 같은 작품)

VI.「불안한 심장」(본문 92쪽)

VII.「그녀는 머리칼을 빗는다」(본문 93쪽)

VIII.「너는 두 눈을 떴다—나는 나의 어둠이 살아 있음을 본다」(본문 122쪽「어둠에서 어둠으로」와 같은 작품)

IX.「기념」(본문 154쪽)

X.「우리는 너를 본다」(본문 168쪽)

XI.「포도원 주인들」(본문 178쪽)

XII.「아직 눈 하나 있으리」(본문 191쪽「확신」과 같은 작품)

파울 첼란 연보

1920년	11월 23일 부코비나 체르노비츠의 유대인 집안에서 출생. 본명은 파울 안첼.
1938년	체르노비츠에서 대학입학자격시험. 프랑스 투르에서 의과대학 공부.
1939년	체르노비츠로 돌아옴. 라틴어문학 공부 시작.
1940년	체르노비츠가 소련 영토가 됨.
1941년	독일과 루마니아 군대의 점령으로 체르노비츠는 유대인 거주 지역(게토)이 됨.
1942년	부모가 집단학살수용소로 추방됨. 수용소를 탈출했으나, 다시 루마니아 강제수용소행.
1944년	4월 다시 소련 영토가 된 체르노비츠로 돌아옴. 대학공부 재개.
1945년	부쿠레슈티에서 번역과 편집.
1947년	루마니아 잡지 『아고라』에 처음으로 시 출판. 12월부터 빈 거주
1948년	7월부터 파리 거주. 독문학과 언어학 공부. 빈에서 『유골단지에서 나온 모래』 출간. 후에 오자가 많다는 이유로 회수.
1950년	문학 학사학위 받음.
1952년	『양귀비와 기억』 출간. 슈투트가르트, 독일 안슈탈트 출판사.

판화가 지젤 레트랑제와 결혼.

1955년 『문지방에서 문지방으로』 출간. 슈투트가르트, 독일 안슈탈트 출판사.

아들 에릭 출생.

1958년 브레멘 문학상 수상.

1959년 『언어격자』 출간. 프랑크푸르트 암 마인, 피셔 출판사.

파리 고등사범학교 강사.

1960년 게오르크 뷔히너 상 수상.

1963년 『누구도 아닌 이의 장미』 출간. 프랑크프루트 암 마인, 피셔 출판사.

1964년 노르트라인베스트팔렌 예술대상 수상.

1967년 『숨전환』 출간. 프랑크푸르트 암 마인, 주어캄프 출판사.

1968년 『실낱태양들』 출간. 프랑크푸르트 암 마인, 주어캄프 출판사.

잡지 『레페메르』 공동 발행인.

1969년 이스라엘 여행.

1970년 4월 20일 센강에 투신, 사망 추정.

『빛의 압박』 출간 프랑크푸르트 암 마인, 주어캄프 출판사.

1971년 『눈의 부분』 출간, 프랑크푸르트 암 마인, 주어캄프 출판사.

1975년 『시집』(전2권) 출간. 프랑크푸르트 암 마인, 주어캄프 출판사.

1976년 『시간의 농가』 출간. 프랑크푸르트 암 마인, 주어캄프 출판사.

옮긴이 **허수경**

1964년 경남 진주에서 태어났다. 시집 『슬픔만한 거름이 어디 있으랴』 『혼자 가는 먼 집』을 발표한 뒤 1992년 늦가을 독일로 가 뮌스터대학교에서 고고학을 공부하고 박사학위를 받았다. 그뒤로 시집 『청동의 시간 감자의 시간』 『빌어먹을, 차가운 심장』 『누구도 기억하지 않는 역에서』, 산문집 『나는 발굴지에 있었다』 『그대는 할말을 어디에 두고 왔는가』 『너 없이 걸었다』, 장편소설 『모래도시』 『아틀란티스야, 잘 가』 『박하』, 동화 『가로미와 늘메 이야기』 『마루호리의 비밀』을 펴냈고, 『슬픈 란돌린』 『끝없는 이야기』 『사랑하기 위한 일곱 번의 시도』 『그림 형제 동화집』 등을 우리말로 옮겼으며, 동서문학상, 전숙희문학상, 이육사문학상을 수상했다. 2018년 가을 뮌스터에서 생을 마감했다. 유고집으로 『가기 전에 쓰는 글들』 『오늘의 착각』이 출간되었다.

문학동네 세계문학

파울 첼란 전집 1

초판 인쇄 2020년 12월 10일 | 초판 발행 2020년 12월 24일

지은이 파울 첼란 | 옮긴이 허수경 | 펴낸이 염현숙
책임편집 이현정 | 편집 황문정
디자인 고은이 이원경 | 저작권 한문숙 김지영 이영은
마케팅 정민호 이숙재 양서연 박지영
홍보 김희숙 김상만 함유지 김현지 이소정 이미희
제작 강신은 김동욱 임현식 | 제작처 한영문화사(인쇄) 경일제책사(제본)

펴낸곳 (주)문학동네
출판등록 1993년 10월 22일 제406-2003-000045호
주소 10881 경기도 파주시 회동길 210
전자우편 editor@munhak.com | 대표전화 031) 955-8888 | 팩스 031) 955-8855
문의전화 031) 955-3578(마케팅) 031) 955-2652(편집)
문학동네카페 http://cafe.naver.com/mhdn | 트위터 @munhakdongne
북클럽문학동네 http://bookclubmunhak.com

ISBN 978-89-546-7644-1 04850
978-89-546-7643-4 (세트)

잘못된 책은 구입하신 서점에서 교환해드립니다.
기타 교환 문의 031) 955-2661, 3580

www.munhak.com

P A U L
CELAN
Reviews

"나는 내 존재와 무관한 시는
단 한 줄도 쓰지 않았다."

파울 첼란

그리하여 하나의 유일무이한 시적 우주로 가는 문이 열린다. **뷔혀마가진**

난해하다는 그릇된 평가를 받은 이 작가가 놀랍도록 현실적인 동시에, 시적으로 독창적이고 타협 없는 자기-, 세계 경험을 마지막 철자 하나하나까지 정확한 단어로 담아낸다. **만하이머 모르겐**

파울 첼란의 시를 읽는다는 것, 그것은 말할 수 없이 흥분되고 비교할 수 없는 말의 너비를 발견하는 일이다. **레벤스아르트**

파울 첼란 전집은 새로운 발견으로 초대한다. 어둠의 한가운데서도 동시에 유토피아적인 것을 찾을 수 있다. **디 타게스포스트**

파울 첼란의 시는 번역 불가능성의 가장자리를 맴돈다. 에베레스트 등반에 버금가는 어려움을 겪으면서도 번역자들은 첼란의 어둠에 싸인 비애를 옮기고자 하는 강렬한 욕망을 느껴왔다. 그 자신이 이미 재능 있는 시 번역자이기도 했던 첼란은 시를 "병 속의 소식"에 비유했다. 어쩌면 그는 시란 곧 번역이라 말하고 싶었는지도 모른다. **뉴욕 타임스**

나치 수용소에 대해 출판된 최초의 시들 중 하나이자 20세기 유럽 시의 기준이 된 대표작 「죽음의 푸가」부터, 불가해한 후기작에 이르기까지, 첼란의 모든 시는 생략적이고, 중의적이고, 쉬운 해석을 거부한다. 그는 아우슈비츠 이후 세계를 위한 언어를 다시금 고안해 독일어의 새로운 형태를 만들어냈다. **뉴요커**

프리드리히 횔덜린과 라이너 마리아 릴케 이후 유럽 문단의 가장 혁신적인 모더니즘 시인 중 하나인 파울 첼란. 20세기의 전쟁과 공포 이후 그는 시로 나아가는 새 길을 열었다. 첼란 그 자신처럼 그의 시는 겁먹고 상처 입은 생존자다. **보스턴 리뷰**